從遊牧，去找心中的那一片海

LIVING AS A NOMAD

Kristie Ma 著

推薦序——一

「人生其實有無限的可能」這句說話，大家都會說說，能夠實行的卻少之又少。

Kristie 以數碼遊牧的身分，示範生活可以如何的不一樣。

透過眞摯淡然的筆觸，本書記錄了數碼遊牧人的各種生活細節與困難，描繪了異國相遇的一段段關係，或許可讓早已自我設限的都市人，重新反思人生的抉擇與方向。

郭柏年
香港中文大學哲學系高級講師

推薦序——二

神話學大師 Joseph Campbell 說，不同民族的神話，有著共同的主題，其中一個主題是「放逐」。

神話英雄，也許是國王、少年之類，被放逐，遠離家國，經歷種種危險，磨練成爲一位勇者、智者，回歸家園，成就大業。

民族的神話原型，代表了人類最深層原始的衝動。那麼，爲甚麼我們深心處，潛在著「放逐」的渴望和需要 (drive and need)？

說到「放逐」，我可說是前輩了。八十年代，曾經一個人坐火車由香港到北京，北京過西伯利亞到莫斯科，直下東歐各國，南斯拉夫、希臘、土耳其，然後在土耳其被偷去一切，憑僅餘的人民幣和旅遊支票，坐車由巴基斯坦的中巴公路，攀過雪山到新疆，再經絲路回港。

甚麼？南斯拉夫？旅遊支票？別忘了，那是八十年代。很多東西已經不存在了。

更難想像的是，那是一個沒有互聯網的年代，蘇聯和東歐還是共產國家，而我的資訊，就只有一本 *Let's go Europe*，和流浪鬼 backpackers' community 間的口耳互動。

當然，這個年代的放逐者，不會那麼狼狽了。可以在互聯網找到各種資訊，甚至工作。

對，找到工作，這樣就翻天覆地了。

因爲人類可以在不同地點，做同一工作，世界突然沒有了 location 的限制。沒有了他方，沒有了鄉愁。而放逐的人，不再叫 backpackers 那麼貧困了，而是成爲了 Digital Nomads，數碼牧民。

Digital Nomad，不是廣告人創造的 segmentation 行銷潮語，是愈來愈多國家承認，會簽發以年計 Digital Nomad Visa 的新群體。

Kristie 就是一個 Digital Nomad。

他們會在杳無人跡的海灘、原始森林、活火山腳工作。夠羨慕了吧！共通點是，internet savvy，依靠著互聯網工作。

在 Kristie 的書中，你會看見各式各樣的 Digital Nomads 登場——

不同國籍的程式設計師、營養學導師、性愛治療師、企業家、New Age Healer……都是些精彩人物。

還有些更奇特的——因交通意外失去記憶能力的美女，被迫快樂地活在當下，沒有無謂「希疑」（即 hope and fear，其實，九成也不會發生的呢！）的佛系家庭，平平出奇；以光明爲食的奇女子，一起吃野生「草」菇，進入迷幻的世界……

在 Kristie 活潑的筆下，就像活現眼前。

這可以說是不一樣的人生情節，而在這個年代，想經歷不一樣，你不用具備過人的能力，但你要有放逐的勇氣，跳下去……

曾經，某廣告前輩說過，一間公司，只有三類人——

・Don't know what's happening.

・Waiting for things to happen.

・Make things happen.

人生也大概如此。

而我認識的 Kristie，絕對是 make things happen 這類人。

她剛畢業，是做客戶服務部的工作，但也會幫手寫文案，寫得不錯，然後她問我可否轉到創作部門做文案創作。我說試試吧。她努力交出成績，然後就去了一間大廣告公司正式做文案寫手。幾年時間，就去到「人揀工，不是工揀人」的狀態了。

然後，她就拿起勇氣，在大疫症時代，做個放逐者，Digital Nomad。夠痛快了吧？

也許，該回到之前的問題了——爲甚麼在我們深心處，有放逐的衝動？

因爲，我們並不如想像般自由，我們活在預先的設定中而並不自知。

社會的設定，制度的設定，別人期望的設定，和人比較的設定，概念的設定……媒體互聯網大數據，在教導我們要喜歡甚麼，不喜歡甚麼，如 Kristie 說的，任何時候都感覺不足夠，追逐我們其實並不需要的東西……午夜夢迴，我們會希望砸碎一切，把生命折回到初衷點，冒險、經歷，再認識眞正的自己。

是的，這需要勇氣，不只是出走的勇氣，還有，要忍耐不穩定的勇氣，財政不穩定、身體狀況不穩定、突發意外等等。Kristie 在書中，沒有美化一切，都如實告訴你她的折騰、掙扎、不如意事……不過，生命沒有無懼意料之外的勇氣，就沒有橫衝直撞的精彩，fair play，right？

要知道，這個年代的放逐者，已經改變，不再以回歸家園成就大業作終結。反而，travelling 是一種 settle down，天涯是比鄰，心安不安也是吾家。遊牧，已是一種可踏實選擇的 lifestyle。

在哪裡出生、成長，我們無法選擇。但我們可以選擇，在天涯哪一個喜愛的海角生活，而且不止一個……

互聯網控制了我們，也同時間，釋放了我們。

究竟是生活弄人，還是人弄生活？

還是如 Kristie 所說：「我的活，就是過我最好的生活。」

Kristie 喜歡沙特，可沙特的存在主義卻從來不是我的那杯茶，除了這一句話：

「存在本身並無意義，意義是由你自己創造。」

馮偉賢 Simon Fung

前廣告公司老闆／作家／藏傳佛教修行人／導師

推薦序——三

雖然與 Kristie 素未謀面，但閱讀她的文字，卻有很多共鳴。Kristie 本身在廣告行業，工時長，而且會遇上要求麻煩的客戶，懷疑人生。誰不知，一場疫情帶來了工作的「範式轉移」(Paradigm Shift)，本身遙不可及的彈性遙距工作，突然變成新常態，Kristie 於是決定成爲「數碼遊牧」，在外地邊旅行、邊體驗異國生活、邊接案子工作。

爲甚麼有共鳴？因爲我的經歷幾乎相反。

疫情前，我是一間旅行公司老闆，專門帶別人到世界各地體驗生活，包括一些「偏門國家」，例如北韓、伊朗、中東、中亞等等。疫情把一切都歸零，我卻選擇開了一間廣告公司，學習如何接案子，如何「湊客」，昨天才有客戶「溫馨提示」某些文案不能過關。一場疫情，改變了千百萬人的生命軌跡，假如宇宙有平行時空，三年前開始我們必然是穿過了黑洞，到達了另一個生命的可能。

無可否認，遙距工作已經普及 (Mass Adoption)，往後僱主僱員間的關係也不再受限於一個物理空間，假如馬克思在生，應該會慶幸勞資階級間的矛盾，好像有了一條第三道路。當然，馬斯克卻認爲，遙距工作不可取，只會「養懶人」。

作爲僱主，我也親身感受到遙距工作的好處，有時可以省卻要在辦公室「管理」同事的時間，多了自省、思考未來的空間。疫情過去，未敢大膽全盤實行，我的公司選擇了中間方案——逢星期三落實 WFH，暫時效果理想。其實，只要工作目標清晰，支援充足，遙距工作不一定會影響生產力。我在兩年前也參與籌辦了一個名爲「Anywhere 未來工作者」平台的計劃，把世界各地的 slasher、freelancers、entrepreneurs 等連結起來，效果相當不錯，而且每次舉辦聚會，都令人感動，因爲只有經歷過在外地工作的各種苦與樂，才能夠明白彼此。

Kristie 的書，就像一扇窗，給大家了解數碼遊牧的生活，我認爲最重要的是讓大家看見另一種生活方式的可能。很多事情，你發覺只要踏出舒適圈，不要理會旁人的說話，就豁然開朗。

說到底，我們這一代人還是幸運的，科技革命不斷改變原來的生活方式，令我們不用跟隨父母輩設下的教條，而且每次變革都是全球資源大洗牌的時機，我們未必可以像上一代般在一份工作、一個行業便過一生，但卻有無窮空間去逆襲自己不愛的生活方式。

Rubio Chan
GLO Travel / Culture Lab 共同創辦人
《去過北韓五十次，你問我答》作者

CONTENTS
目錄

PREFACE
推薦序

SECTION I
一場改變人生的告別式

SECTION II
遊牧者與異鄉人

SECTION III
流轉生活的練習

SECTION IV
療癒在漫漫長路

TO BE CONTINUED
生活中的輕與重

SECTION I

/

一場改變人生的告別式

1 ◆ 葬禮上的紅玫瑰

在同事的告別禮上，
一束充滿生命力的紅色玫瑰，
大剌剌地在白色花海中綻放……

S是我廣告公司的同事，認識他的時候，他四十將至，是生命綻放之時。作爲美術指導的他，貫徹了藝術家性格——大情大性，喜怒分明。身邊的人，特別是工作夥伴，對他又愛又恨。

然而，在虛浮的人群中，S是一個比任何人都要眞實的存在。他有很奇特的天賦，他眼裡的世界永遠不是黑白灰，而是彩色斑斕的。

❖ ❖ ❖

一個加班的晚上，他問他設計部的下屬：「妳看著那邊的金魚缸，看見甚麼？告訴我。」

「就……魚啊。」二十出頭，剛畢業的女生這樣回答。

「還有呢？」S皺眉頭，顯然這個答案不令人滿意。

「有五條。」女生眼神閃閃縮縮地回答。

S拉著女生退後走了三步，魚缸的光打在他們臉上，粉紫、靛藍，一閃一閃。

「這是一個宇宙。」他悄悄道。

老闆的風水魚缸，在他眼裡就是一個色彩斑斕的宇宙。

那一晚燈光有點昏暗，魚缸裡的光奇幻地映射在水波紋上，一波又一波，往水底深處融化，幾條熱帶魚擺擺擺尾巴，以無重狀態掠過。

❖ ❖ ❖

記得有次在天台，他吹著煙圈打趣說：「如果有一日我『釘咗』，葬禮上我希望到場的人帶很多紅玫瑰，我不要素色的花。還有，每個到場的人都要穿得鬼火

咁靚，像開 party。」

那是他確診患上第三期淋巴癌的一年多前。

那個黃昏，我們一同往天上望，他說天空不是藍色的，有很多種顏色。

❖ ❖ ❖

告別禮上，到場的人終究沒有穿甚麼派對衣服，一貫廣告人的「例牌」素色服裝。芸芸送花牌的人當中，就只有一個記得破例送上最鮮豔的紅玫瑰，道別這絢爛的生命。

我們窮盡精力計劃所謂的「人生藍圖」，二十歲畢業，三十歲事業有成並建立家庭。人人都說，最好五十歲前，儲到足夠的被動收入，就可以提早退休環遊世界。可是，生命的週期何時完結，往往跟我們所 plan 的毫無關係。

事實就是，我們窮盡青春苦苦等待，當有一天好像快要嚐到努力多年的果了，卻也很有可能，毫無預告地被上天提早「嗌 cut」。

那麼我想，我們能做的，就是趁活得好好的時候，爲人生多加點想像力，在人群中大刺刺地當一束有顏色的花。

這樣，我們也許會更喜歡活著的每一天。

2 • 辦公室革命

生於這個年代的我們很幸運。
科技，讓一切變得可行。
疫情的大流行，
竟然成為了一場「辦公室革命」的催化劑。

遙距工作的安排，容許我們脫離辦公室限制——在 lunch time 帶狗散步，con call 之間也可在家中的跑步機上跑個步。很多我認識的朋友，在 work from home 的時候願意投資多一點在生活上的小細節，例如多買幾個盆栽布置在家工作的空間，添置幾個心愛的杯碟、餐具，好好爲自己準備一個午餐……

COVID-19 依我來看，不完全是一個惡魔，甚至反而是一個特別的契機，讓我們開始意識到自己作爲一個人，應該好好生活的權利。

連續在家閉關了第十天的我，開始懂得問自己：「人生爲甚麼？」

爲甚麼有人要在辦公室「扮工」？準時下班爲何會被同事側目？假期還在覆電郵究竟

有沒有必要？三、四個小時長的會議意義何在？爲甚麼追求晉升是道理，躺平就是罪？爲甚麼我們除了睡覺以外，需要花最大部分的生命上班去？

Charlie Warzel 在 *Out of Office* 一書中提到，遙距工作如何翻天覆地的改寫我們的生活，牽連起一系列改變。

其一，是工作去中心化，人與工作間的關係逐漸改寫。遙距工作的距離，提醒我們與同事、上司保持專業距離。

從前因著辦公室的某種特定氛圍，加上群衆壓力，很多人會選擇用公餘時間換取與工作夥伴之間的關係（甚至有時看得比工作表現更重要）。跟同事下班喝酒、吃飯，消磨一整個晚上成爲理所當然，這個現象在日本、韓國等地更甚。有時候，我們對同事、上司的了解，分分鐘比枕邊人還多。

我們把精神飽滿的自己、相處質量最高的時段，給予在生命中較不重要的人，賣力讓自己融入工作群體；相反，把放工後身心俱疲的自己留給了家裡的至親，例如已是父母的，孩子對自己的印象或許就是一臉疲態與不耐煩的答話，這不是很諷刺嗎？

隨著遙距工作的誕生，鼓勵人把生活的區塊劃分得更清晰（compartmentalise），重新掌控自己的生活時間表——工作時工作，餘下的時間留給自己眞正關心的事情，例如自己的興趣，以及陪伴摯愛上。

除此之外，是工作態度。以往一起在辦公室工作，「工時」成爲了「勤力」的指標，導致很多「扮工」的情況。除了「黑洞式」會議，還有在影印機、茶水間來回走來走去的同事，他們都以「最勤力」的樣子，呈現在合約所訂明在公司上班的九小時裡，彷彿人生的時間賣給了老闆，就不再屬於自己。

而遙距工作很大程度上排除了這種現象，在電腦屏幕背後，無人需要飾演任何角色，做事講求效率，從成果眞正區分到誰是能者。

普遍來說，人們總體覺得遙距工作的得益者是僱員，有些管理人、或是老闆，總覺得員工不待在 office 的時候必定是在躲懶，不事生產。可想而知，僱主、大企業的頭目很多都提出反對的聲音，這段時間可見《華爾街日報》刊登了不少由企業管理層發出的評論，指責遙距工作是如何損害了辦公室和諧。其中，Tesla 創辦人 Elon Musk 就是反遙距工作的表表者之一，他主張了遙距工作可能引致的負面影響，例如在「虛擬辦公室」工作的隱私問題。

眞的是隱私問題？還是有些管理層認爲員工在家就等於躲懶？眞正的原因我們無從稽考。在我們的香港，疫情期間的確多了很多大企業採取「半遙距工作」的政策，以 A、B 組形式，讓員工輪流在公司上班，其餘時間在家工作，亦有公司索性推行 hot desk 政策，想回辦公室開會的同事便要預約。客觀來看，企業省卻了租金，員工省了交通時間，達至雙贏。

工作與生活，從來都是息息相關。我們很多人的生活時間表都是循著工作時間表而規劃——工作是主菜，其餘的事情都是配菜。想見朋友？要星期五放工後；想上山下海？這些「大型活動」則不到週末、放長假，就想也別想！

一般打工仔，即便喜歡到戶外活動，都只有待到週末才可到多人過旺角的山頭、密集過銅鑼灣的大浪灣，跟別人摩肩接踵的份兒。就連到 cafe 歎咖啡，這個本來是悠閒的消遣，都得一個星期前預約，並且坐夠九十分鐘好走人。

從何時開始，這些像靜靜喝一杯咖啡、與大自然接觸，這些基本的生活情趣都變得奢侈？

對香港人來說，我們窮不是因爲沒錢，而是窮盡了時間。想清楚，我們花盡寶貴的青春年華來換錢，等到老了才換來享受生活的時間，那不是很本末倒置嗎？

朋友的母親退休了，拿著一大筆退休金，本可以歎世界，沒料到，不足兩個月她竟然決定回公司「返 part-time」，原因是——每天太多時間，不知道該怎麼花。

的確，當工作變成生活，那我們很容易忘掉生活原本的模樣。

❖ ❖ ❖

成爲數碼遊牧人，只是一個起點。

擺在我們眼前更大的問題是：「應該如何規劃一個理想的生活模式？」

我們是時候問自己：「活著爲了甚麼？努力又是爲了甚麼？」

面對自己的人生，我們必須誠實——

「甚麼事情滋養自我？甚麼事情讓靈魂枯萎？」

如果人生只剩下三個月，你還會在做一直在做著的事情嗎？

這也許是一個很大、亦很值得用一輩子去探討的課題。

3 • 關於「逃避自由」

做咩ＯＴＯ到咁晏呀？
做咩星期日同屋企人飲茶都要覆 email 呢？
成日話你老細差，講咗幾年都未辭職嘅？
「邊有得揀吖。」

我很喜歡香港——這個我土生土長的城市。

但我不得不承認，香港也是一個欠缺想像空間、抹煞生活色彩的地方。

從小到大的教育，讓我覺得所有人彷彿必須依循著一式一樣的生活模式。

身邊很多人，明明被不人道的工作時間表壓垮，卻仍然認爲只要每天努力拚命工作，就可以爬上晉升階梯。他們相信，只要努力，總有一天生活會變好。

至少我自己曾經也是這班蜉蝣的一員。

畢業後的五年來，我都循著加班是硬道理，weekend 覆 email 也很合理，承受著我不夠好是我未夠努力的壓力，被推著爬上這高不見頂的虛擬階梯。

幾年過去了。生活，眞的有變好嗎？倘若生活沒有絲毫改變，這都全源於當初一句——「邊有得揀吖」。

❖ ❖ ❖

時至二〇二二年，世界變得前所未有的荒謬，疫情蔓延全球，辦公室文化逐漸瓦解，有人已連續兩年在虛擬辦公室上班；與此同時，歐亞冒起了戰火；也聞說幾年前已經可以用比特幣買pizza。所有從前不能想像的事情都終於發生了。一瞬間，世界翻天覆地的改變了。

我再問自己：「要如何生活下去，眞的依然『冇得揀』嗎？」

我發現不知道由何時開始，人人都以爲要依循他人的賽道，走自己的路。是城市的統一性，給了我們沒有選擇權的錯覺，彷彿我們在電視、電影上，見到別人前往那些周遊列國、探索生命可能性的機會，永遠不屬於自己。

而實情是，每個人都有爲自己生活選擇的權利，很多所謂「負擔」與「執念」，只是人們安於comfort zone、不想改變的藉口。

這想法，從古到今都很普遍，亦呼應了法國哲學家沙特（Jean-Paul Sartre）所提出

——人是傾向「逃避自由」（Escape from Freedom）的。正因爲當我們意識到自己是一個自由的個體，意味著我們絕對有權選擇，並且需要爲這些選擇所帶來的後果，全數負上責任。這正是一般人喜歡把「冇得揀」掛在口邊的原因，用自欺（bad faith）把自己原本可選擇的路，說成是「命運安排」，自己就不再需要爲人生負責。

說到底，「自由」其實是一個令人既興奮，又害怕的概念。

❖ ❖ ❖

離開香港前，很多人問我：

「去玩幾年，回來不就是要從頭開始嗎？你的 career 慢人幾年怎麼辦？」、「周圍去玩，怎樣儲錢呢？」

很多人也許覺得生活逼人，活在這個城市很不快樂。

但別忘了，從頭到尾我們都是「有得揀」的。

決心改變只是第一步。

接下來就要問自己：

「怎樣才是自己喜歡的生活？」

而自己理想中的家，又究竟是甚麼模樣？

是人嗎？最親的人卽使有血緣，也有可能無緣，朋友會疏遠、會離開；

是城市嗎？本來熟悉的城市也可以改變得面目全非；都市發展與時勢潮流，亦會讓選擇不入流的人感到陌生；

是物嗎？那麼，擁有多少物質才夠築起一個家？用一輩子勞力換來的四百呎海景私樓才算是家嗎？

看卡繆的《異鄉人》時，我特別有共鳴。故事裡面陳述主人公對身邊事物的疏離感，正源於這個錯置，身邊的人縱然跟自己說著同一語言，看似說得有理，但他心底裡卻不明不白。城市發生的一切，至每個人的行爲舉止，至他被判處死刑一刻，看刑的觀眾的一舉一動，都提醒著他是一個徹徹底底的異鄉客。

這幾年，身處自己的城市，我同樣覺得這種疏離感。

正當我躊躇不安之際，恰巧疫情中的世界給我提供了一個很好的起步點——遙距工作的盛行。

就在二〇二二年的春季，我帶著一部筆電，連上網絡便進行文案工作，一邊旅居於不同城市、國家，在世界尋找一個可以安放自己的角落。

回想那時候我問過自己的問題，現在的我會這樣作答：

「過喜歡的生活，就是要找到心中所屬之處——一個讓人擁有生命力，愛惜自己的生活狀態。」

4・誰是「數碼遊牧人」？

數碼遊牧的概念，
讓「世界公民」這個身分更鮮明，
無分國界地透過自己的技能在市場上賺取生活資本，
繼而遊走世界，
探索生活的不同可能性。

□甚麼是「數碼遊牧」？

自古以來，都有人類以遊居的方式在地球上生活。

古時的遊牧方式主要分爲兩種：一種是透過狩獵採集維生的遊居者（hunter-gatherer），另一種是牧養牲畜的遊牧族群（nomadic pastoralist），他們的其中一個共通點，在於透過週期性的移動方式，獲得生活資源，例如順應氣候變化、動物習性、人類的生理適應，並強調在自然界可承受的範圍內獲取所需資源，達至人類、動物、自然環境三者和諧共存的狀態。

時至今日，我們當然不再需要靠採摘野果、牧羊、狩獵維生，亦有高科技助我們居住的環境冬暖夏涼，不需要因爲天然條件而東奔西跑。遊牧，對今日的我們來說，大多是因爲要逃離不理想的居住環境，或者是人禍、戰火，透過移居各地，找尋合適安身的境地，繼而發展一個理想的生活模式。

「數碼遊牧」（Digital Nomad）一詞遠在上世紀九十年代誕生。那時候隨著互聯網的發展，然後手提電腦的興起，讓人開始可以遙距工作，「邊工作、邊旅行」這個願景變得切實可行。

❑ 爲甚麼要遊牧？

對於現代的遊牧者來說，移居他國更多是因爲節省生活開支，以同等的收入換來更豐富的生活體驗。又或者是，例如歐洲某些地方的冬天特別寒冷逼人，某些歐洲人會選擇於冬天移居東南亞，在歐洲回暖的六、七月便回到家鄉。

自二〇二二年初，我成爲了數碼遊牧人，一路上，也遇到了來自各地的數碼遊牧民，他們都對生活有各色各樣的願景。數碼遊牧人並不是無家者，只是我們視「家」爲一個流動的概念，我們選擇不局限在原生城市，用足跡建構對生活的想像。

我們相信，每個與人、與環境的互動，就是這個「家」的一磚一瓦。

數碼遊牧的概念，讓「世界公民」這個身分更鮮明，無分國界地透過自己的技能在市場上賺取生活資本，繼而遊走世界，探索生活的不同可能性。

◻哪裡是遊牧熱門地？

受疫情影響，美國數碼遊牧人口從二〇一九年至二〇二〇年中，不到兩年就增長了49%。

我們所身處的年代，是正值新一輪「遊牧潮」。

目前最有名的數碼遊牧中心點位於東南亞，排行第一的是峇里島的蒼古（Canggu），其次是泰國不同的島嶼，例如布吉島、蘇梅島，以及我選擇落腳的帕岸島（Koh Phangan）。至於歐洲，則以西班牙、葡萄牙爲主要的遊牧重鎮，克羅地亞、南非等地也正在崛起。這些地方都有一個共通點，就是消費指數低。像是我作爲一個香港人，拿著從香港賺得的平均月薪，就能夠在這些地方過上很不錯的生活。

說到這裡，好像一切都很理想？

□ 實現遊牧生活有何困難？

實情是，目前數碼遊牧還只是一個較冷門的生活模式，所以我們也不是沒有要面對的困難。如果要申請數碼遊牧簽證，需要每月有超過特定金額的穩定收入，對我這種從事自由工作的遊牧者來說，門檻較高；因此，我便要定期移居不同國家，或走一趟 Visa Run，從而確保遊客簽證能夠得以延續下去。

日常工作方面，數碼遊牧要找到合適的網絡亦是一大挑戰。要知道，很多低消費國家還在發展中，這些國家的基建本來就不及發達國家。倘若有些工種需要長時間視像會議——我在旅途中便遇上很多透過視像授課的人，如瑜伽、健身、語文導師，他們需要非常高速且穩定的網絡才能讓工作順利進行，那麼他們在選擇遊牧目的地點時，就必須考察充足，確保需要上網工作時網速夠給力，不然窒礙了進度，對其事業上的信譽將有極大的影響。

稅務問題亦很棘手，比如我自己早前應徵一份新加坡公司的文案工作，通過多輪面試終於被取錄了。可是，他們即便很想僱用我作爲全職員工，奈何因爲我每隔幾個月就移居另一個國家，如何報稅對他們來說是一個大難題，所以最後只能以「自由工作者」的方式聘用我。

最後談到基本福利，簡單如醫療，由於香港的醫療保險一般要求受保人在離港180日後重新核保，所以萬一遇到意外，或在外地旅居時生病，作爲數碼遊牧者便要有額外負擔醫療開支的準備，又或需要每半年回到出生地一次。

❖ ❖ ❖

雖然世界各國目前的政策還未正式追得上數碼遊牧的潮流，但可見陸續有國家爲了平衡疫情期間旅遊業上的損失，而推出一系列數碼遊牧簽證的政策。於二〇二二年，已經有四十五個國家開放數碼遊牧簽證，最鄰近香港的馬來西亞是其中之一，一般由一至五年不等，分別有不同的入息上限，對數碼遊牧者以及準數碼遊牧者來說，未來是挺樂觀的。

Section II / 遊牧者與異鄉人

5 ◆ 由扮工室走到辦公點

世界種種去中心化的現象，令每個個體享受的自由度更大，更容易隨自己所想，建構生活。

「去中心化」，是現今世界一個大趨勢。

例如說隨著政府過度印鈔，傳統貨幣的命運岌岌可危，人們對其信任度減退，隨之而來是加密貨幣的崛起；又例如 vlogging 的出現，任何人拿起一部攝影機就可以當媒體人，也造就了 KOL 文化，讓傳統廣告的運作方式支離破碎。

疫後，辦公室文化的瓦解，令遙距工作變得可行。

實體辦公室消失了，取而代之的，有 work cafe、大大小小的 co-work space，甚至只是一把太陽傘、一張沙灘椅，都可以成爲數碼遊牧的辦公地點。

Co-working 的其中一個精髓，就是在於打破行業、國界的距離，不同領域的專才可在同一個空間裡進行交流。

在遊牧當中，我曾遇過珠寶零售的創業者，她請我爲她的網頁設計及市場策略提供意見，又例如很多數碼遊牧者都從事加密貨幣相關工作，由編寫程式到市場策劃，我從他們身上看到最前瞻的世界加密貨幣走向，他們則跟我討論可以如何更有效使用網絡語言，把難以理解的貨幣概念跟普通人闡述。

在這裡不時都會遇到廣告同行，一次我在桑拿碰見了一個來自加拿大的廣告導演，我們便交流一下行情，以及對創作行業的心得和看法；碰見一個巴西來的廣告策略策劃部 (Strategic planner) 的前輩，他對我目前爲品牌做的文案又有另一個看法。

說到底，就是不同行業、不同國籍的人在遠離故鄉的土地上，一起共生成長。

❖ ❖ ❖

世界種種去中心化的現象，令每個個體享受的自由度更大，更容易隨自己所想，建構生活。

在帕岸島我遇見的第一個香港人是 Vivian —— 一個容光煥發、漂亮、自信的女生。她的事業，是她自己一手一腳建構出來的，從工作主題到工作模式，都十分具前瞻性。

第一次在島上見到她，她正拿著一個巨大的女性生殖器官的圖示，向二十人認眞地講解，這對在香港土生土長的我來說，情境好不震撼。

她當時正在主持「女性生殖系統按摩」（Yoni massage）的課程，在場的人男多女少，有些一個人來，有些是情侶或夫妻。他們非常認眞地聆聽著她用模型、圖示來解構女性生殖器官的結構，渴望解鎖女性愉悅的秘密。

Vivian 是一個 Intimacy Coach，這行業在香港超級偏門，畢竟華人社會總喜歡將床上的事情收到床下底去。

沒想到，疫情之下，遙距工作令她的業務有了新進展。

「即係隔著個 mon 教人做愛？」我頭一回聽到她說她的工作，我不禁直白地問。

「效果更佳。既然是這麼私密的事情，應該讓客人留在自己熟悉、私密的空間接受治療，例如是家裡的房間、或者是酒店房內。」

「噢。也對，要在一個陌生人在場的情況下練習床事，的確有點緊張。」

「性其實就是日常生活的一部分，讓一個運動教練教你如何用正確姿勢做 gym，你都不會感到害羞，對吧？」她笑說。

打破辦公室的界限，走進別人的睡房裡，令這類型的治療工作變得更可行。這道理同樣套用於像現時流行的心理諮詢 App 或是語文交流 App，足不出戶都可以使用世界各地提供的資源。

❖ ❖ ❖

有次在峇里島艾湄灣的路邊餐廳吃晚飯，那時候已經是晚上八點。我見到鄰桌有一張亞洲面孔，原來她是澳籍女生，正在筆電前認真地工作。

「這麼晚了，還在忙工作嗎？」我問她。

「對，我的 client 來自世界各地，而我的工作模式其實比較自由。」她說。

「你是幹甚麼的？」

「我幫人變得漂亮好看喔！」她這樣一說，我才看見她的身形的確很標致。

她繼續說：「我是營養師，爲別人策劃餐單，還有提供生活習慣上的建議。每當我接到案子，我都可以依自己的時間表來工作，一星期我會跟客人 review 一次成效，再提供進一步的建議，至於甚麼時候寫案子，我可以自己安排。我今天早上便去了潛水，所以……現在才打開筆電工作，哈哈。」

「哈哈，還以爲你從早上工作到現在呢。」

「當然不是，我早上一般很忙呢——要上拉丁舞班、浮潛看魚，還有到健身房看『小鮮肉』呢！你看，減肥的人也有 cheat day，我覺得人在不工作的時候，要好好享受。不然工作時想著要休息，休息時又擔心工作做不完。」

見這時侍應生給她端來一個名為「邪惡球」的炸巧克力雪糕球，上面還有一大團鮮忌廉，見她樂滋滋地享用著。

「看來今天是營養師的 cheat day 呢。」我說。

6 • 宜居城市

每個人都徘徊在自由與不自由之間，
在離家很遠、心卻很近的距離。
作為遠離家鄉的牧民，
要找到這個平衡點，真的不容易。

如果要用一個字來形容清邁，我會說是「Balanced」。

空間與人口，美感與實用，城市與自然，繁華與樸實，節奏的快與慢——每一個角落都被精心調配過，達到一種清邁獨有的和諧。這地方擁有的，是跟之前我到過的每一個國家，甚至泰國其他地區都沒有的一種氛圍。

到埗的頭幾天，我幾乎已認定這裡是可以待下來的冬季基地。

漫步在街上，會驚嘆清邁這麼多「屎忽嘢」——即是很空閒的人才會做的事情。例如，精心改裝過的摩托車，很多人開著復古老爺車，咖啡店陳列出珍貴的限量版 figure 模型，旅館用滑梯代替樓梯，古著和古玩多不勝數，餐廳的碗碗碟碟也不隨便，即便比較平民的餐廳，都甚有美感。

清邁人很有禮貌。從每一個咖啡店的細節，服務員待人接物的態度，可見他們做事貴精不貴多，做到從容不迫而又準確的解決問題。這是整個城市的教育水平與人民修養質素的產物，不是一朝一夕能夠煉成。其中最令人詫異的就是連夜市食店的老闆娘，在繁忙夜市攤檔「一打十」的情況下，還可以跟食客閒聊，逗得他們咯咯笑。下單快而精準，食物又十分有水準。難怪這是數碼遊牧的天堂！

❖ ❖ ❖

在這裡遇上不同國家的遊牧人，他們之所以到這兒來，都是因爲他們覺得自己國家的「太過」——日本遊牧說日本社會思想太過守舊；洛杉磯的說自己成長的城市太過「內捲」(involution)，即是過度競爭，愈努力愈被貶值，要十分辛苦掙錢才兌換到以往的生活質素；碰見瑞士、英國遊牧會說其國家消費太貴，而且人人生活得太過正規；中國、俄羅斯遊牧就更不用開口說明。

從極端的生活，來到中庸的國度，我看見雖然大家都很享受這裡天堂般的生活，卻又不得不被自己的出生地所牽引著。

在homestay遇過一個英國小子，他做著繁重的工作，也在網上攻讀課程，原因是家人認爲他必須獲得Master（碩士）學歷·;認識一個俄羅斯人則正擔心著如何幫國內的同胞出國，或送物品回國。而執筆寫這篇時，正值疫情封區政策下新疆發生大火燒死十人事件，掀起了遍地抗議的稀有狀況，在內地的朋友接二連三告訴我自己的微信被封號了，當中又有人看著家鄉亂況又歸不得，也天天擔心如果家人被強行隔離了，家裡的寵物們怎麼辦呢……

看來他們每個人都徘徊在自由與不自由之間，在離家很遠、心卻很近的距離。作爲遠離家鄉的牧民，要找到這個平衡點，眞的不容易。

❖ ❖ ❖

隔天，相約了一個上海人——因爲另一個朋友托我把一幅人像畫帶給畫中人。

在咖啡店等了好一會，終於看到一個鬈髮男走進來。

「你比畫中的你還要淸瘦、精神呢。」我看著眼前這個鬈髮、膚色黝黑的男人。他四十來歲，當爸已快十年了。

「呵呵，全靠我這幾年在學的中醫。」他把一張幫「老外」背部放血的照片給我看，拔罐的玻璃罐子裡，是啫哩狀的、紫黑色的血塊。

「靠！這是甚麼？這個人身患絕症嗎？」拔罐弄出一個一個紅印的我見過，拔出血塊的罐我還是頭一次見到。

「不是呢。每個人身體都有一定的瘀血，說不定你也有。我們只是在對的穴位下針，把累積的瘀血放出來，會舒服很多。頭一回學施針，師傅要我們把針當作飛鏢，向牆上飛，訓練手腕力呢。」他用手模仿放飛鏢的動作。

「所以……你在清邁當中醫？」我問。

「還是學生，永遠都是。我寧願當一個好病人，也不想當一個不夠好的醫生。」他略有所思。

「為甚麼？」我覺得這裡面有故事。

「你記得『沙士』嗎？」他問。

「當然記得啊，雖然那時候我才小學三年級，但記憶還是有的。死了很多人，整個城市都很傷心。」我說。

「對了，就是那年，我剛畢業，在內地的研究所工作。」

「就是研究那個病毒嗎？」

「對的。做大量的research，當時在研究藥物、疫苗甚麼的。」

「結果有研究出來嗎？」

「沒有，後來我離開了化驗所。覺得他們是賣藥，不是醫治。」他說。

「賣藥應該也是醫病的一種吧？」我不解。

「本來是，作爲一個商業機構賺錢也是理所當然的。但他們沒有道德。不管怎麼都在藥盒上加上『長期服用』的字眼。老實說，他們的目的是要讓病人以爲沒有了這個藥便不行，又不會徹底治好他們。」他搖頭嘆氣。

「這個很過分嘛！」我又想了想：「欸？那你怎麼看現在全世界都在打的疫苗……」

「你自己想想吧。」他眨眨眼。

接著他又說：「所以，我寧願鑽研中醫，他們同樣很科學，只不過說法不一樣。簡單來說，如果你身體少了甚麼，就補些甚麼，多了就幫你去掉。當然最好配合練功、打坐，通經脈，讓身體的氣好流動。身體是由很多微元素組成的，講求它們之間的數量比例，達到一個平衡的生態。」

「不要說身體，現在甚麼都失衡。你們內地不是『捲』得要命嗎？遍地開花也是失衡已久的產物呢。」

「哈哈，所以我在疫情前已經來到清邁了。」他說。

「這場亂，你怎麼看呢？」我問。

「環境裡的生物，例如人類，就像宇宙中的星球，他們有自己的軌跡，一個脫軌了，其他的引力都有所影響，造成混亂。不過每場混亂都是暫時的，也沒有絕對平衡。

「最近我在學看星盤，行星的走向是週期性，所以某個週期內出生的人會有某種大致上的時代共通點，導致某些社會性的事情更容易發生。

「不過如果你從宇宙的宏大視角來看，這一切都是暫時性的，只是我們人類太脆弱，不到一百年生命就要完結，所以看不了那麼多。無論中國八字命理、西方的星盤，都是這麼多年的人匯集而來的大數據，得出普遍的準確性，是來自這個宇宙運轉的模樣。」

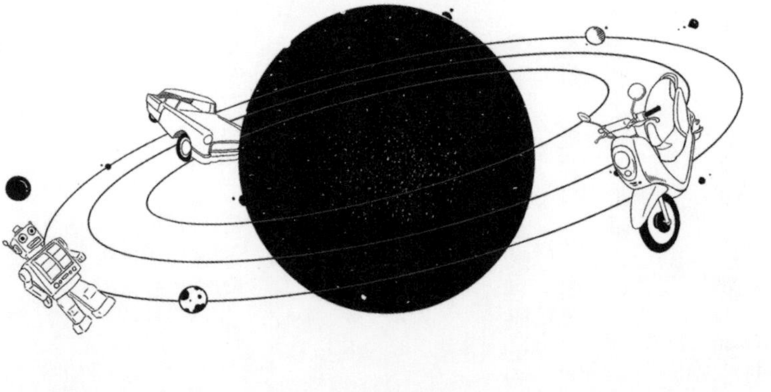

「你未有回答我的問題。」我說。

他笑而不語，從袋子中拿了兩瓶東西出來：

「差點忘了，這是送你們的。香港人特別喜歡喝甚麼茶嗎？」

「都喝。是玫瑰花嗎？」我看見瓶子裡是乾了的玫瑰花瓣。

「雲南寄來的玫瑰花。泡茶很好，這個花性質溫順，不溫不寒，是你現在需要的。」

我笑著接過茶：「哈哈，無論在太平盛世還是亂世中，喝杯茶總沒錯。」

7 • 波斯式抗爭

你以為，
你一定要為比自己大的事情抗爭？
有些小事即便只屬於你自己，
也是值得抵抗的，
比如生活。

那時候我剛飛到曼谷。疫情關係，即便是最旺的酒吧街，遊客都是寥寥可數，這可讓附近一帶的 Tuk-Tuk 司機發慌了，見到遊客就咬著不放。

又一個司機跑過來，這次被纏著的，是剛巧走在我旁邊的外籍男生，沒料到他竟以一口流利泰語把司機打發走，也順道把我救出窘局。

「他們有這樣纏著你嗎？」

「一個早上，好幾次。」我懷住感激的眼神看了看他。這才發現他非常深邃的咖啡色眼珠，與他一頭清爽的鬈髮很搭。

「你是哪裡人？」

「波斯人，你呢？」

「香港人。」

「喔！你們都是戰鬥民族，我聽說了。」他語氣帶點欽佩。

每次跟外國人談到香港的問題，我都不由自主地覺得可悲。我想，是因爲經過幾年之後，我們還是把最初的對抗，換成了逃跑，承認了自己的渺小和無能爲力。

有些關係可以透過努力去維繫，比如人和自然的關係、人和人的關係。可是在有些不平等的關係面前，我們就只能承認自己的細小。抗爭的過程很偉大，但結果卻令人覺得無能爲力。

波斯男家在伊朗，同樣在強權下生活的他，對香港的事情很感興趣。

「你們是戰士，對嗎？」

說來慚愧，新聞系畢業後，我選擇了投身銅臭味極濃的廣告行列。回憶起社會運動時期，同屆畢業的同學們在煙霧瀰漫的對峙場口報道眞相，我就坐在冷氣房聽著通話裡頭客戶的自我審查，批評我們第十回的文案修訂——

「『勇敢』這個字太敏感。可以變成『開心』、『快樂』這些中性點的字眼嗎？上次〇〇礦泉水『加油』兩字寫在宣傳片裡，在電視播了只一天，就被人投訴得要下架了，我們不想重蹈覆轍。」

客戶已是第十次跟我們重複礦泉水這件事。

「這個……我們創作部待會拿《論語》出來翻一下，看看有沒有合適的字眼代替。」

我的文案部大佬氣炸了，忍不住嗆了客戶一下，在場每一個人都睜大眼睛，特別是客戶部（Account Servicing）的同事，想想待會要怎麼在客戶面前補鑊，卻又無可奈何。

就這樣，那段時間的廣告人整天做著的這些事情，讓每個人心裡都有說不出的苦澀。

我跟波斯男走著走著，不經意來到了曼谷大皇宮，於是順便進去看看壁畫、寺廟，沒想到我們會給卡住在門口的安檢處。

「你來自哪裡？」售票人第三次問他。

「我是波斯 mix 阿聯猶人。」他第三次回答。

「為甚麼我買票他們沒那麼嚴謹，偏偏要留難你？」我不解。

「因為他們覺得中東男人就是恐怖分子，要來炸掉他們的大皇宮啊。」

「你不覺得很無奈嗎？」

「沒有。這就是我日常生活中要抵抗的事情。」他接著說：「你知道嗎，其實好好活著，也是抗爭的一種。你以爲，你一定要爲比自己大的事情抗爭？有些小事即便只屬於你自己，也是值得抵抗，比如勇敢對抗歧視，又例如你離開你所討厭的生活，又比如用力守護你所愛的親人，或者簡單如找到讓自己快樂的方式。」

「在伊朗，我們的娛樂都是藏在地下的，在地面就保持著一貫的風平浪靜和守舊的規矩。我們沒有做甚麼非法事情，只是你大白天看不見，因爲我們國家不允許喝酒，就連這看似基本的放鬆娛樂也沒有。於是呢，有錢人就建了地下酒吧，偷偷摸摸運酒進去，邀約朋友們來放輕鬆一下。他們的地下城大得很，有些泊了好幾部林寶堅尼。而到這裡的遊客，不待上一年半載是不會察覺的。」

「哇，就是地面做不了的事情，就搬去別的地方。」

「能屈能伸，沒有事情是做不了。你看，你這個離家出走的遊牧者、我這個中東恐怖分子，現在不是都在這裡嗎？」他說笑。

經過足足十分鐘，護衛終於替他檢查完畢。護衛團隊三個人，超級謹慎的把我倆送進去，簡直當我們是「貴賓」。

❖ ❖ ❖

大皇宮的壁畫很神怪，有雅克沙的夜叉駭人的把村民活生生吃掉的繪圖，也有看似正義的神仙保護著人類，也有民間軍隊甚麼似的拿著刀劍殺戮的情景。

「哇，這些畫很殘忍。」我忍不住嘆息。

「也不完全是，裡面其實有很多彩蛋。」波斯男向我單了眼。

我們循著走廊的盡頭一直走，長長的壁畫中的確有很多吃人、殺戮的場面，但仔細一看，也有普通人在庭院用臥佛姿勢側躺著的畫面，又有小和尚玩遊戲、婦女在挑水……

「還有男男在接吻。」他補充。

我把頭湊近一看，眞的看見了一對男生模樣的人物在摟抱接吻！幾百年前的人，就有在亂世中尋找自由的縫隙，尋獲屬於自己的幸福。這些壁畫看上去像神怪故事，其實也就是現實的寫照，沒想到過了幾百年看著還是有共鳴的。

想起身在外國，或是將要往外國定居的朋友，不少人一家人移民，他們要面臨極大的轉變，有的要由高薪厚職換成簡單的售貨工作，以前從事拍攝的轉去了餐廳當火鍋店職員，也有重新就學的，由零開始的。爲了呼吸自由的空氣，找到一個讓人可以好好生活的地方，他們每天都在奮鬥著。

原來，不知不覺間，我們都在地球不同角落，各自發亮，不管我們多微小，還是用盡全力地抵抗黑夜來臨。

其實，我們沒有人是逃兵，我們都在用自己的方式「抗爭」。

要抵抗的不是一個政權，而是阻止我們通往幸福的一切。

8・攝氏七十度的國際熔爐

「What do you do？」
「我嘛？· Living my best life.」

桑拿，在帕岸島是一個很特別的存在，是遊牧人的聚腳點。

蒸氣桑拿室，一般爲大約攝氏七十度，一間供四人享用。門一關上，蒸氣隨即充滿了每個空隙，裡面的人很像四顆籠中的蒸點。由於水蒸氣很濃，基本上不會看到對方的表情，事隔一會，你甚至不記得跟誰聊過甚麼，有點像跟神父告解的民間自助 version。加上熱氣令人很放鬆，可以理所當然地很慢、很慢地說心底話，或者聽別人說故事，甚至一起享受沉默也可。一旦不喜歡這個四人組合，說句「too hot」就可以開門出去，每段對話，都不用負太大責任。

來到這島上的北歐、俄羅斯遊牧者都很喜歡桑拿，他們覺得跟家鄉的很像，有的更特別會帶檸檬草精油到乾桑拿裡，滴在燒得火紅剔透的熱炭上，瞬間整個桑拿間充滿了檸檬草香，味道令人很放鬆。

「我在荷李活待了好幾個十年，做過製片人。要看的都看膩了，還是閉上眼玩音樂好。約定你喔，今晚來我的 sound healing 聚會。」

這個聲稱自己以前是搖滾樂隊主唱的中年美國男人，現在是島上「療癒樂手」，專門負責唱歌、敲玻璃樂碗、拍手碟，用聲音替人洗滌心靈。

「呃，所以你在這裡，是靠 sound healing 維生喔？」我問。

他有點不滿：「嚫妹，你又拒絕我嗎？」其實，這已經是我第三次婉拒他的邀請。

「只是，比起玻璃碗和讓人很想睡覺的音樂，我比較對你的生活方式有興趣。」我答。

我旁邊一個身穿全紅色全身泳裝，超級騷的西班牙女人用很 drama 的語氣搭嘴說：

「He is RICH.」

「That's not true……，我在 Hollywood 是有棟小房子，但很小的啦！就像現在這幾個月，正正是荷李活 casting 的季節，我就會把房子作 Airbnb 給那些小明星住，這樣我就有被動收入住在東南亞。Sound healing 不賺錢，是我的興趣。反正我有被動收入夠我過活，又何必太拚命賺錢？」美國人解釋。

桑拿間裡還有另一個俄羅斯男道：「像你這樣挺好，我在莫斯科的房子都租不出去。」蒸氣間一片沉默，因爲這個時候烏克蘭、俄羅斯的戰爭已經踏入第三個月，戰火一發不可收拾，面對這樣的話題我們都覺得很沮喪。

「我認識的一個烏克蘭女攝影師，她跟丈夫帶著孩子到處跑，孩子問她爲甚麼一直要留在泰國，不回老家探外婆。孩子他媽都不知道怎麼告訴兒子外婆的家給炸了。」我說。

「對，我們俄羅斯的情況都很嚴重，我媽還在國內，她昨天打電話要我寄東西回去。」

「甚麼東西要遠在東南亞買？很貴重的嗎？」

「是牙膏。」俄羅斯男答得有點尷尬。

「牙膏？」我們幾人不約而同感到詫異。

「對，她覺得國內的日用品不靠譜。總言之，人民對政府的信任就像氣數已盡的牙膏一樣，想擠也擠不出來。」

西班牙女人走了出去，一個加拿大男生進來。

「What do you do?（你是做甚麼來幹活的呢？）」美國人問他。

「我嘛？Living my best life.（我的活就是過我最好的生活。）」加拿大男答。所有人都笑了，「live their lives」這是帕岸島民的正職，誰不知道呢。

加拿大男繼續說：「我是人們口中的『遊牧』，但沒有『數碼』的成分。每當錢用完，我就會回加拿大做『鋸樹工』斬松木（pine wood），你知道嗎？我們加拿大，大部分的房屋都是用松木起的，一種非常有利建築過程而耐用的建材。」

「鋸樹能賺多少？」

「幸運的話，一個星期的工作可以賺到一千元美金。鋸幾個月，省著用就可以來東南亞玩一年。」

「不錯喔！」

「不過得身手敏捷，試過有人錯誤估計了樹木落地的方向，活活被壓死。」聽到這裡，蒸氣間內的我們都不禁「嘶」了一聲倒抽口氣。

男生繼續自說自話：「不過我很命硬，之前吃了太多『曲奇』（一般指大麻曲奇）有點脫水，因爲我不會開摩托車，就在烈日當空走了十多公里去一個朋友的生日派對，由一點走到四點，你試想想，那時我還是個赤足主義者，練成了一雙可以走在炭火上的腳板底！」

有些人總喜歡把自己推往危險邊緣，隨後歌頌自己還活著的奇蹟，這點我是不能苟同的。我和美國男人互相看了一眼，相繼站起來準備離開蒸氣間。

「你們這麼快蒸完？」加拿大男問。

我們兩人不約而同說了句：

「Too hot！」

9 • 孤獨的遊牧人

學懂面對孤獨，
是遊牧人必經的課題。
身處異鄉，
無論參與再多聚會，
走進有多擁擠的夜店，
我們都難免感到寂寞。

除了背包式的年輕牧民，上了年紀、拿著退休金上了岸的遊牧人也有很多。

在帕岸島上遇見一個德國老太太。我們在桑拿外的柴火前取暖，她頭戴著浴帽，把一瓶有名的護膚品牌子的火山泥面膜往身上大幅度地塗上，讓我這個小資女看傻了眼。

「試一下這個。」她把瓶子遞給我。

我用手指尖沾了一點。

「哎呀，不要跟我客氣這個。」老太太挖了一把火山泥使勁地往我身上塗，我頓時變了個泥人。

「我在帕岸這個房子下月會空著，現在我在找適合的人選替我看管，是一棟兩層的小別墅，不過位置較偏遠。」她一邊說。

「月租多少呢？」

「不用錢，免費。」

「甚麼？」這老太太是錢太多，要做善事嗎？我心想。

「條件是，幫我看著我的狗狗。」

「噢，這個 offer 很不錯嘛。那你要離開多久。」

「大約三個月，回去看兒子們。」

「他們不來泰國嗎？」

「工作忙吧，還有要照顧小孩。我因爲他們，請人教我用 Facebook。但是……不知道是我不懂怎麼滑貼文，還是怎麼樣的，很少看到他們給我發訊息。」

「讓我看看你的 Facebook？說不定是設定出錯了。」

我把她的手機接過來，果然她的朋友只有三個，兩個是兒子，另一個可能是媳婦吧。他們除了頭像、幾個轉載的貼文，甚麼都沒有。不是給了她自己的假帳號，就是根本沒有心思給母親報告近況。

「其實我都只是想知道他們是否過得安好，但又不想常常給他們打電話，免得他們覺得我老人家很囉嗦。所以每年我得親自回去至少一次，看看他們跟孫兒。」她說話的時候沒有太大的憂傷。

「他們可能太忙沒更新，畢竟Facebook現在也沒有以前這麼流行。」我嘗試安慰她。

「那麼你下個月有興趣來住嗎？」

「我有興趣。不過，你說的狗狗是甚麼類型的？」我想像如果她養的是兩頭鬥牛㹴，我會立即放棄這棟免費別墅。

「就本地泰國狗，沒有特定品種。不少外國人來到泰國旅居，衝動之下領養了狗狗，然後因爲要回國狠心拋棄牠們，實在很可憐。自從我老公去世了，我一個人在這裡沒甚麼事做，就一隻一隻把牠們帶去看獸醫，領回來養。我前陣子還幫牠們搞生日派對，有很多狗朋友參與呢！」

「爲甚麼老公過身了，你還選擇在這裡遊牧，不 lonely 嗎？爲甚麼不回去跟兒子們一起住?」

「Being alone 不等於 lonely。在這裡生活,有狗、有很多來自五湖四海的朋友。在東南亞漂泊幾十年,我沒有很想回歐洲,看來我這個老太婆注定是東南亞的牧民。」

「嗯,那麼你家總共有多少隻狗狗?」

「十二隻,很多吧。」老太太尷尬地笑。

「那……」我揉著滿臉火山泥,尷尬地回答:「租屋的事,我還是考慮考慮。」

❖ ❖ ❖

學懂面對孤獨,是遊牧人必經的課題。

身處異鄉,無論參與再多聚會,走進有多擁擠的夜店,我們都難免感到寂寞。

世界上不同的數碼遊牧據點,雖然一般都有所屬的 Facebook 社群,很容易就找到當地在遊牧中的朋友,或者社群聚會,但始終這些社群聯繫對很多人來說,還是遠遠不及家人、遠在故鄉的朋友如此親密。所以,在遊牧旅途中感到孤獨,也是無可避免。話雖如此,自由與孤獨感,往往都是共存的,如何享受自由的同時也安然面對孤獨的來襲,是遊牧人的必修課。

遇過衆多的數碼遊牧者，他們倘若沒有家人、伴侶一同遊牧的話，一般都感到很孤獨。遊牧人之間建立感情關係亦很困難，因爲他們各自有旅居行程，除非他們找到願意一起浪跡天涯的另一半，否則一般都只能投入無數段的casual relationship，從「假期男友」、「假期女友」身上找點慰藉。

❖ ❖ ❖

紅髮女生是其中一個我遇上的年輕遊牧者，剛被假期男友甩了。她的年紀跟我一模一樣。

五官非常精緻的她來自美國中部一個不起眼的小鎮。第一次見面，她大概是喝醉了，跟我敞開心扉，說自己的戀愛又再一次失敗。

「我以爲他是認眞的，結果他最近告訴我他有女朋友。」

「那你一定很失望。」

「失望是有的，不過我從此學會了一個道理，就是千萬不要跟潛水者交往，因爲他們很會逃避陸地上的種種切實的責任，整天待在水裡看魚看龜，這些疑幻似眞的美夢，從來不屬於現實世界！」她愈說愈氣憤。

「是你這條魚自己甘願上釣吧？」我問她。

「也可能是……」她有點沮喪。

「要加 Instagram 嗎？」我嘗試扯開話題。

「其實我有兩個，我把我私人的給你。」

「爲甚麼有分私人的、公開的？難道你是明星偶像嗎？」

我以爲自己只是說了一個笑，沒想到她認眞了起來。

「確實很多人認識我，在美國。」她尷尬地搔搔頭，開始躲避我的眼神。

「啊？因爲你是公衆人物嗎？你做甚麼的？」

她很隱晦地說「cute girl stuffs」（萌女會做的事）。

後來她告訴我，她是一個「OnlyFans」（類似ＩＧ，不過是付費版的）的主播，在直播頻道會騷首弄姿，擺擺觀衆要求的 pose 或者唱首歌、答答問題，然後就有一大堆男人願意課金爲她花錢買虛擬禮物，她便可以從中獲利。

「對，其實我沒有資格批評那個潛水人，因爲我本人也只是一個虛擬偶像罷了。」她半醉地哭了起來。

「但我此刻遇到現實世界的你，覺得你很好啊。」

我看著她的模樣，覺得很可惜，外表很有自信的女孩內心卻這樣枯萎了。

「你知道最諷刺是甚麼？」她一邊喃喃自語：「在虛擬世界，有無數人願意爲我一擲千金，可是現實裡，爲我付出切切實實的愛的，卻沒有幾個。」

10 • 大兵瑪利奧

「在以色列當兵的時候，你有殺過人嗎？」
他看了我一眼，
然後開始迴避我的眼神，發動摩托車。

他是我的鄰居，就住在我隔壁的小木屋，看上去是個很和善的人，唇上的小鬍子充滿喜感，似極了Mario。日間經過他的住處，他窩在陽台的吊床上，看看書；太陽下山的時間，他會點起幾個香薰蠟燭，欄杆上掛上一排可愛的波波燈。

有時候我們會一起吃點水果，好幾次黃昏時分，我們會在海中心碰上，半浮半沉地分說島上的奇人趣事。

偶爾見到狗狗游水，他會很快樂，也會著我爲他們拍照。每次游完水，我們會一起捲一種淡茶味的菸，鹽巴跟煙絲在嘴裡很輕柔，彷彿拉長了漂亮而短暫的日落。

❖ ❖ ❖

那天下午，天空一點雲也沒有，曬得要命。我正要走往屋內避暑，他帶著一個簡單的小布包，問我去不去瀑布游水消暑。

我們開了十五分鐘車，來到一個山林小徑。沿途是需要攀爬的斜坡，一路上有很多紅蟻，我害怕得要命，好幾次捉不緊失平衡。他把蟻黏到手指頭，告訴我，牠們是朋友。

沿途見到一草一木，他都幾乎愛上。最初穿一雙拖鞋的他，最後決定赤足走著，他說在家鄉以色列跟這裡完全不一樣，那裡的自然景色很荒蕪。相反，來到這裡，他可以擁抱每個生命體，實在是件幸福的事。

他說起自己在以色列當過兵，在內蓋夫沙漠（The Negev Desert）走了幾天幾夜，那時候沒有訊號，就只可以憑天上的星星與地圖找方向。記得沙漠裡，幾乎沒有生命，很寂寞，這讓他來到這個小島後，更感到生命力的可貴。

瀑布池被大樹和灌木包圍，池裡有水蜘蛛在開派對，也有很多小小的淡水魚游來游去，我們在生命力的中心，小心翼翼地剝開一顆菠蘿一起吃。

回程時候，不知哪來的勇氣，我問：「在以色列當兵的時候，你有殺過人嗎？」

他看了我一眼，然後開始迴避我的眼神，發動摩托車，引擎轟轟的響了起來，他的聲音亦隨之變小。

「可以說是有吧……間接地。」他戴上了墨鏡，表情難分。

「間接地？」

「對，就像我給別人傳了一個情報，指名道姓要他們向他動手。」他的聲線幾乎沒帶感情，彷彿脫離了他極爲友善的人設，說著另一個人的事。

「那時我只有十八歲。時光可以倒流的話，我絕對不會這樣做。」他補充。

我沒有再追問下去，這是因爲，如果學懂去愛生命需要一堂課，或許每個人的課也不一樣，但最終這些經歷，都將會帶我們到同一個地方，那就是和生命共存的地方。

11·亡命4X4越野之旅

我腦袋一片空白，
完全反應不過來，
一直在車上呆了好幾分鐘。
我剛才真的差點要死在他鄉了？

Nizan和Shiran是一對典型夫妻。Shiran是一個愛時髦、愛吃好東西的貴婦。Nizan是個確確實實的「愛妻號」，他們在社交媒體每一張合照都非常甜蜜，男的緊抱女的腰際，女的親吻著愛人的面頰。

他們二人都來自以色列的遊牧家庭。Nizan是一家陶瓷廠的老闆，在越南有多間廠房，日常生意基本上有人替他管理，他只需要遙距監管。Shiran是一個業務顧問（Business Consultant），專門爲中小企提供營運建議。一起遊牧的，還有他們三歲的女兒，她就在我們身處的泰國小島上幼兒預備班。

❖ ❖ ❖

還記得那天晚上下著傾盆大雨，我準備睡覺的時候，收到 Shiran 的簡訊，說他們明天要去「遊車河」，前往一個偏遠的沙灘去。一行兩部車子，而他們的車有四個位置，現在三缺一。

我發訊息問：「我要帶甚麼？」

Shiran 這樣回我：「就一件好看的比堅尼可以啦。」

我爽快地答應了：「好啊，明天放晴的話我跟你們去。」

小島的天氣眞的變化莫測。隔天，眞的放晴，而且天上沒有一朶雲，走在路上彷彿感到昨天地面的水分子還在往上蒸發，整個空氣熱烘烘的，感覺有 35℃ 多。

他們來我家接我，遲了好半小時，終於出現。這也沒好奇怪，很符合泰國小島的節奏。

「欸？不是有兩部車嗎？」我問。

「他們臨時爽約了。」同樣，爽約亦是小島精神。

我點點頭跳上了車，夫妻二人都非常熱情，小女兒一邊坐在後座的 baby seat 上咯咯地笑。

Shiran 一貫女主人的作風，熱情地請我吃水果、吃這個那個。

車上除了夫妻二人，還有一張陌生臉孔——一張撲克臉。他的名字很長，我在這裡叫他P吧。P是一個軟件工程師，在Google工作。

「Google？很酷呢！聽說他們有一個很大的零食櫃，而且是免費的。」我露出誇張的表情，他用一個關心腦袋有問題人士的樣子，跟我點了點頭。

「嗯，是有的。」他帶著墨鏡，穿著拖鞋，慵懶的跟我坐在後座，說話幾乎都沒有看著我，大概覺得我是個無聊的小孩子。

「那你現在正放假嗎？」

「不是。我其實今天早上還在上班。」

「你是遊牧一族嗎？」

「不是啦，公司在這段疫情時間有一個新政策，讓我們這些工程師遙距工作三個月。」

「你們以色列人都是IT達人喔？」

「不是，其實我們的資訊科技領域在發展中，我現在工作的Google office是全以色列的第一家，我們像是挪亞方舟的船員，負責開拓新office。我跟我上司一起被高薪挖角的，Google也對我們這班開荒牛特別寬鬆。」

在前頭的 Nizan 大概覺得我很無聊，問人家這個那個，於是說：「你問這些幹嘛？你問他有沒有女友啊！」

P一臉不屑「嘖」了一聲。

Nizan 繼續說：「P是我的婚禮司機。」

我看著P繼續很誇張地說：「噢！你以前是當司機，現在成了軟件工程師，挺厲害嘛！」

P終於脫了墨鏡，翻了一個上宇宙的白眼：「小姐，『婚禮司機』在我們以色列裡是指伴郎，意思是幫新郎做牛做馬的人。」

「我怎麼知道！」我帶點氣惱，這個人很沒禮貌，怎麼可以第一次見面就嗆人家。

我們說著來到一個樹林裡，一個不知名的入口，像個公園，又不是公園。裡面有五、六間草屋，裡面沒有鋪地板，都是樹林的沙泥地。

「我們要來這裡嗎？」我問。

「是寶寶要在這裡，這是她的幼兒園。」Nizan 停車，來到後座解開女兒的安全扣，抱她下車。

「這裡是幼兒園嗎？看來很簡陋，甚麼都沒有。」

陸陸續續我看見更多歐洲家庭把小孩子帶到這裡，也有泰國本地人的小孩，一個一個走進這些簡陋的草屋子中。

「這個地方是簡陋一點，但沒甚麼不好。遊牧中，還是要讓她跟其他小孩相處一下，不然她的世界就剩下她跟我倆。有時候這個校園有猴子或其他動物，挺有趣的。」

「哦，我還以爲今天寶寶會跟我們一起兜風。」

「當然不行！」他們三人不約而同睜大眼睛，齊聲道。

「爲甚麼？不就是兜風嗎？」我的眼睛比他們放得更大了。

P又再拉下墨鏡，露出一個詭異笑容：「我們是去冒險。」

❖ ❖ ❖

這時候我們已經離家快要一小時，路況愈來愈不好走。我有不祥預感，但此時此刻已沒退路。

「我們要去哪裡？不是說去沙灘嗎？」

「是的。不過要翻過一座山。」Shiran 解釋著。

我們離開了樹林，到了一個沒有樹，光禿禿的山頭。那條泥路雖然很闊，但也很顛簸，斜坡足足有50度以上。

「甚麼？這車子夠力走上去嗎？」

「當然！很好玩的，trust me。」Nizan 一邊調校手動棍波，一臉自信。

大概因爲雨後，路上除了沙泥，還出現了一條一條的深坑，車子輪胎一不小心掉下去的話，肯定會被卡住。上山的路愈來愈惡劣，深坑更深了。前方有一塊告示牌，警告電單車禁止行駛，房車如非必要不宜進去，一旦卡住，拖車每程盛惠250元美金。

隨著車子左右搖擺得很厲害，我的心愈來愈不安。

「這條路平時都是這樣嗎？」

「平時？我不知道耶，這是我第一次走這條路。不過路況比我想像差劣，應該是因爲昨天的大雨，侵蝕了泥坑，它們看來更深了。」

甚麼？第一次走這條路嗎？路況比你想像中差？我閉上眼嚥了一口口水。旁邊的P若無其事的喝著礦泉水，車子搖搖擺擺的上了一個山坡。

❖ ❖ ❖

在這個旅程，他們夫妻二人的分工是這樣的，Shiran 負責導航，Nizan 負責駕駛。

起初還是好好的，後來泥坑太深了。導航者的指令，開車人的反應，與車子的機械動力鏈，三者之間有了明顯的延誤，導致情況似乎有點不在控制之內。

「左邊，左一點！停啊，太多了！」Shiran 大喊。

「你叫我左一點，我就向左一點點啊！」Nizan 喊回去。明明兩人就坐在對方旁邊，聲浪卻愈來愈大了。

「我有叫你停啊！」

「車子不能說停就停！有些位置太滑、太斜，一停我們就一起掉下去了！」

說罷我們「嘭」一聲的就掉下去了，全車人驚叫了一下，我的頭往車窗狠狠的撞上，兩支大支裝礦泉水，跟著一堆雜物，猛然翻了去後面，撞到了車後窗。

接著聽到 Nizan 嘗試發動車子，換來的，只是引擎空轉的聲音。

「Oh shit……」聽到他悄悄咒罵了一句。

「滿意了？我們卡住了，都說你要聽我的。」Shiran 對 Nizan 責罵。

「喂，說真的你的導航很差勁！你知道這個 GPS 是有嚴重的 delay 嗎？」

「你的人 delay 罷了！」

「你敢這樣跟我說話？」

他們旁若無人，像兩個小孩在對罵，完全不像爲人父母。

這時沉默了很久的P開口說：「我們先把車子救出來再說。」

我們關掉引擎一起下車，發現「泵把」（bumper）因爲撞擊而飛脫下來了。兩位男的去山邊搬石頭，嘗試把大小不同的石頭卡在輪胎底下，以製造足夠的摩擦力，讓車子再次開動時能夠脫離深坑。

Shiran 氣得快要哭了，平日的風騷淡定全失，沒有餘暇跟我聊天。我們兩個默默站在烈日當空下，看著兩個男人拚命的搬石頭，這時我才發現她非常時髦的 Leggings 破了一個洞，血在留著。

「你沒事嗎？」

「沒有，我只穿了拖鞋，剛才滑了一下。」

「Ladies 你們是時候爬上車。」P對著我們說。

當我以爲我們終於可以回到車上，繼續行程，沒想到他們說的是——爬到車身上面！

Shiran 用手捉著車頂的扶手（應該是平時在車頂放貨物用的手把），腳踏著車側的邊緣。

「來！跟我一起這樣做。」Shiran 著我跟她爬上車，這時 P 也爬了上來，我們三個人的重量負在車子右邊，刻意製造了左高右低不平衡的狀態。

我跟著她爬到車身外面。Nizan 坐上司機位，向我們發出指令：「當我數一、二、三，我就踏油門，你們就一起跳！記住，要同時跳，不然就沒效果。」

頭幾次我們三人跳得非常不齊整。嘗試了幾次，三人的跳躍，跟車子發動的時間終於對齊了，車子稍微向前動了一下。我們再三跳躍，車子猛然開向前。

「哇～」車子動起來那刻，我們三人還沒有心理準備，稍微沒有抓緊手把的話，就要從車外掉到山坡下。

「上車吧！」Nizan 很自豪，覺得他把我們從坑裡救出來了。

我跟 P 回到車上後座，因為泵把還是要帶著，我們惟有把它打直放在我們之間，卡在椅背中，車一邊在顛簸的路上行走，那條滿布泥巴的泵把就在我們的臉旁晃來晃去，情況好不狼狽。

❖ ❖ ❖

我們在烈日當空下暴曬了一整小時，累得很。

終於到了沙灘，果然很美，不過我們的心簡直累透了，根本無暇欣賞，躺在水裡沒說幾句話。

這時，我看見快船運瓶裝飲料到這個沙灘，給灘上的士多補貨，忽發奇想提出：「不如我們付錢叫人把車子拖回去，我們人可以坐船回家！」

「250 元美金這麼貴，才不要！還有，你就這麼不信任我的技術嗎？」Nizan 有點氣怒。

我心裡想：「我才不想把性命放在你這個我才認識了幾天的陌生人上。」不過說到底，人在外，在資訊缺乏的情況下，每個旅程的抉擇都只能少數服從多數，最終都要 work together。

Shiran 安慰我一把：「回程的路應該好一點。」

❖ ❖ ❖

「回程的路應該好一點。」這句話終究沒有應驗。

就在我們回程的路上，由於路段太崎嶇不平，P 要下車引路，才能讓開車的人成功避坑。引路的方式，大致是在地上的那個人步行一段距離，向司機指示要向哪一邊走才安全，車跟住他的指令，5 米、10 米那樣慢慢前行。我親眼目睹好幾次車子差點要失控要撞到 P，簡直是用生命做賭注。

根據GPS的指示，眼見快要回到起點，這時我們都累壞了。Nizan提議我們下車休息一下，他逕自走下車去一旁的樹林裡尿尿，Shiran也跟著下了車，就只剩下我和P坐在後座閉目休息。

就在這個時候，我感到車子稍微晃動，我猛然睜開眼睛，只見車子開始在無人駕駛的狀態下向後滑！車窗外原本還見到Nizan的身影，但他離我們愈來愈遠了。

車子沿斜坡一直向後溜，擱在車中的那條泵把也被拋起，擦過我的頭殼頂猛烈撞上車窗，車子流動的速度，快得令我的背部產生令人毛骨悚然的離心力，我一邊尖叫，一邊用力閉上眼緊握著扶手。

「危險！跳車啊！」說時遲，P已經用力打開了側門，在車子迅速下滑的狀態跳車逃生。

我半瞇眼睛，危急下一切彷彿在用慢鏡呈現——我看見P跳車後，滾到山邊去，Nizan則從遠處趕跑回來，衝到車頭位置，像動作片中的主角，從車窗跳進駕駛座，嘗試拉著煞車桿！

我感到一個強烈的震動，頭部狠狠撞在椅子靠背上。

緩緩睜眼，我見到窗外的景物終於停止移動，車子擱在一個山坡的坑裡，卡住了。

「你沒事嗎？有受傷嗎？」剛上演跳車窗救人的 Nizan 看著我關切地問。

我搖搖頭，腦袋一片空白，完全反應不過來，一直在車上呆了好幾分鐘。

想著，我剛才真的差點要死在他鄉了？坐我旁邊的人竟然跳車逃生？是做夢嗎？

「對不起，剛才我不應該下車，出發的時候，我就感到這個手 brake（煞車手掣）不靠譜。」

雖然 Nizan 剛才的確冒著生命危險跳上車來救我，但聽到這句，我心裡確實很氣怒，卻又無可奈何。

❖ ❖ ❖

等待拖車期間，P 跟我說：「雖然現在說太遲了，亦沒甚麼意思，但我也得告訴你——通常我們這些 4X4 越野車的冒險，最低要求是兩部車同行。因爲倘若一部車卡在坑裡，另一部可以用繩子把它拉上來。所以原本我們是二車同行，只是一部車爽約了……」

「就不應該出發。」我幫他完成了句子。

我滿腦子想著，沒有安全的計劃，雨後危險的路況，以及一早知道失靈的煞車系統……

這一刻，聽到道歉也沒甚麼感覺。超出在計劃之外的旅程，往往可以爲人帶來難忘的故事，視乎你能接受多少危機。那麼多安全才算安全，多危險才算危險？作爲遊牧者，如果家鄉仍然有摯愛等著我們回去，那麼我們爲了這些「屬於自己的故事」，要承受多大風險？我不知道。

「I just want to go home.」

我跟P說這句話的時候，眼眶大概紅透了。

他於是把水遞給我，關切地拍拍我肩膀：「喝點水，我們現在回去。」

回家的路上，我們再一次經過樹林中的那間幼兒園，距離放學時間已經遲了三小時。

「對不起喔，媽咪爹哋遲到了。」夫妻二人把女兒接回來。

三歲的小女孩拿著一支神仙棒玩具，若無其事地把玩著。

她大概這輩子也不會知道，她爸媽差一點就永遠回不來接她放學。

12 ◆ 金魚女孩與她的男生內褲

遊牧的日子，
遇上過的怪人有很多，
但成為朋友的沒有幾個，
而喜歡用男生內褲當燈罩的她，
是其中一個。

家附近是一個又一個沿海的小山坡，往外看就是一望無際的海洋。

我就在山坡的小咖啡店遇到她。

女孩頂著一頭稍亂的金髮，樣子甜美，穿鬆身T-shirt，正試著喝一杯近乎螢光黃色的特濃鮮薑汁。這個喝法在這裡很流行，據說每天喝一小杯有養生功效。

她舔了一口，露出了誇張的表情。

「Hot, hot!（辣、辣的！）」她跟我說。

「Can I try?（讓我嚐？）」我舔了一口，眼淚直流。

我們相視而笑，笑個不停。她英語很不流利，於是我們手語、英語並用，拼湊出一些句子來。

「我叫雷鬼，來自意大利。」她的笑容太誇張，我以爲她在說笑。

「甚麼？牙買加那個『雷鬼』（Reggae）音樂嗎？」我半信半疑，父母這樣改名太隨便了吧。

「對，『雷鬼』音樂，一模一樣的串法。」她聲線很稚嫩，也非常堅定。

「喔，你是幹甚麼的呢？」這句是我習慣用來與每個陌生人啟動對話的小鑰匙。

「我以前是見習機師。」

「後來呢？」

「我來這裡了。」

「甚麼意思？」

「我現在度假，準備去西班牙，要學當一個醫生。我覺得我可以的。你知道嗎，我阿姨當了二十年醫生的秘書，就在前檯搞文件、接電話，連護士的資格都沒有，四十歲的時候，她決定不要這樣過日子，就去考上醫學系，讀了五年畢業了，當上一個真正的醫生，我可以像她一樣。」

我整個腦子裡都是問號。

這個二十九歲的見習機師，連一句完整英語都不會，說自己要上醫學系，是吹噓嗎？還是我又遇見了一個瘋子？不過，這情況在島上很普遍，誰也可以當上誰，真假也沒差。

中午的氣溫有攝氏三十五度多，我要去一個更涼快的地方工作，於是我們很快道別了。

這時，我才發現她沒有開摩托。

「你沒有摩托車？」我很奇怪，因為這裡沒有摩托根本生存不了，計程車貴得要命。

「這兩年我不能在地球上開車，會犯法。」她用火星人的口吻說著。

「為甚麼？」

「五年前，我發生了很恐怖的摩托車意外，但不是我的錯。」

太陽太兇，我們無法繼續對話，於是我匆匆跟她告別，反正小島真的很小，說不定明天又見了。

❖ ❖ ❖

幾天後，在一個「雷鬼」音樂派對上我又見到「雷鬼」。她熱情的拉我去舞池跳舞，我這才發現她帶著一根拐杖，小尾腳趾歪了。撐著拐杖的她成了整個舞池裡最酷的人，似乎所有人的眼球都被她抓住了。

場地用天然的素材搭建成，非常簡約，大樹在頭頂搖曳，求偶中的蜥蜴在猛叫，強勁的雷鬼音樂驅使著人們搖擺，熱帶地方的人很熱情，每個人都穿得很少，全都光著腳丫，使勁地跳。

每個人身上都帶不同的髮型、長相、膚色、紋身，拐杖也成了其中特色之一。

這段時間大麻在泰國剛合法化，不少人就像是逃獄的囚友，使勁地吸著每一寸自由的煙絲，靈魂從身體中跑出來，解放到外太空去。女孩雷鬼笑得很燦爛，是一顆行走的異性磁石，很多不同國籍的男人上前跟她搭訕，她引人注目的拐杖、跟溫暖的笑容，實在引人打開對話。

男人：「你的腿怎麼了？」

她：「給男友劈～腿～了！我湊了他一頓。」

男人：「那你男友在哪裡？」

她：「是『前』男友，我把他送上第一班返回意大利的飛機。」

她很認眞的說著每個荒誕情節。

「待會要我送你回家嗎？」差不多十二點我已經覺得有點睏。

「不用，我會跳到超晚的，店關我才走。」她甩掉拐杖跟我比著手勢，看來還是精神奕奕的樣子。

「眞的沒問題？」在她面前我像個母親。

「隔天來我家泳池玩，我們可以曬太陽、滑手機，不說話安靜在對方身邊。」我笑了，點點頭，只因爲她把這些很無聊的事情說成一個很有意思的活動。

❖ ❖ ❖

可事情愈來愈奇怪，好幾次我嘗試聯絡她，她好像應約了，卻又消失了。有時候相約吃晚飯，她卻問我早餐哪裡吃，要不要去桑拿。

一天我走到她家前的沙灘，看見她的木屋，在陽台的掛燈上套著一條男人內褲，我心裡替她開心了一下，說不定她昨天遇到甚麼好事了。

「你終於來找我了？」她很興奮，像我們眞的約定了那般。

「你都不回我，我約了你好幾次。」我裝作憤怒。

「我忘記了。」

「我給你傳訊息，怎麼可以忘了！」我有點不解。

「很多東西我也忘記了，例如昨天做了甚麼，遇見了誰，英文怎麼說，忘記了家人的名字。對，我連吻也忘了怎麼接，所以我很怕交男朋友。」

「你是認眞的嗎？」我開始分不淸楚她在說笑還是認眞。

「五年前那個摩托車意外，把我的腦袋摔成了果凍。我基本上忘記了所有事情，這幾年我需要重新學習。」

「甚麼都忘了？」這幾乎是電影情節，我口張開難以置信。

「對，例如怎麼用電話、電腦都忘記了。現在，一些短期記憶記不穩，你要多提醒我。」

這時候，我明白了，一切謎底都好像解開。因爲意外，她當不上機師，曾經說得好的英文要重新學習，所以她忘了約過我。她說起話來不伶俐，是因爲腦袋很多東西都摔壞了。

「不過，我現在很開心。」她露出甜蜜的微笑。

我指著我們頭頂上那條燈罩內褲：「是他嗎？」

她害羞地點了點頭。

「我們做了很棒的愛，就是沒有接吻，我已忘記了怎麼接吻。」她把舌頭吐出來。

「所以你也記不起跟你的前男友是怎麼接吻？」

「想不起來我們有沒有用舌頭。我不懂接吻，不懂英文，這樣恐怕一直不會交到（認眞的）男朋友。」

「這是本能，可能多用一下舌頭可以幫你找回記憶。」我們拿起眼前見到的果盤，把木瓜跟菠蘿往嘴裡塞，用舌頭亂繞，笑個不停。

❖ ❖ ❖

一星期之後，這次來小木屋，內褲換了一條，紅色的。

「換了？」我指著紅色內褲。

「換了。」她很氣餒的樣子。

「因爲不懂接吻嗎？」

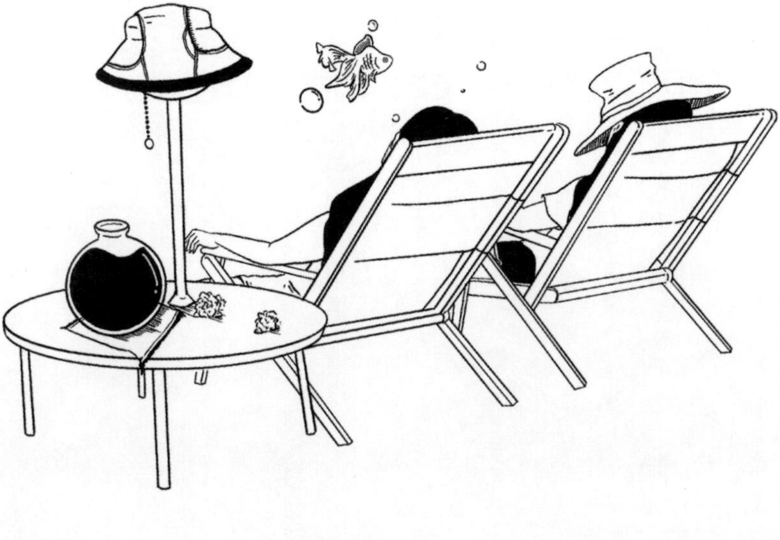

「不是。我學會了，但他走了。」

這個島上的人都是性、愛開放，當別人的假期男友、女友，這都是意料之內，她也明白。

她繼續說：「事情是這樣的，我們一起去滿月派對，半夜時候失散了。很瘋狂，滿月的引力讓水漲到人們的膝蓋，瘋子們站到水裡喝酒、狂哭、尿尿，還有接吻、做愛。太陽升起時，我竟然看見他跟另一個女生在接吻。我拿著他給我買的瓶裝水，衝過去往他頭上淋，他很憤怒。」

看來又是一個一夜男歡女愛的故事。

「唉，『滿月』在我們的文化裡是『團聚』的意思，但把這意思放在帕岸的滿月派對卻很諷刺。」我說。

我們抬頭看著天上還挺飽滿的月亮，原來事情才過了幾天。

「不過你們也過了快樂的一個星期，這是很好的故事。」我嘗試安慰她。

「只是我懷念他的好，我叫他做甚麼他都做了。例如約我吃晚餐要買一束花，來我家要帶我喜歡吃的，給我買衛生紙和瓶裝水。」

她攤開了一張紙，上面寫著意大利文，她解釋著：「這個男生離開的時候，把這紙留在我花盆旁邊，上面寫的是：『我真的很喜歡妳，很遺憾我們要這樣作結。』就在派對完畢，他竟然大半夜收拾東西離開了，肯定是到那個女人家裡睡。」

「你有回他嗎？」

「我傳了短訊給他，告訴他：『你很假，像兩歐紙幣。』」

「為甚麼是兩歐？」

「因為兩歐的紙幣根本不存在啊！」她大笑。

我們笑了很久，夕陽曬在我們臉上，我抬頭看見紅色內褲在我們頭頂上隨海風晃來晃去，意味著一個故事又完結了。

❖ ❖ ❖

因為 VISA 關係，我要離開泰國一會。臨行前我給雷鬼發了多個訊息，告訴她我快要走，每次問她甚麼時候要約，她不斷說好，但就沒給我確實的時間、地點。

「明天我要飛了，我們見一下好嗎？你在家嗎？」我怕她又忘記了，在晚飯時間再給她發了個短訊。

三個小時後，她終於回我：「我在家。」

❖ ❖ ❖

這是最後一次來到她家，掛燈上是另一條內褲，卻不見她的蹤影。家裡亮著的紅色光管，添了幾分詭異。桌上都是止痛藥、止暈藥，還有很多五顏六色說不出名字的藥物和包裝。

我擔心極了，喚了她的名字好幾次。

「我在這裡。」廁所傳出她的聲音，我鬆了一口氣。

「你還好嗎？」我有點擔心。

「那些藥讓我常常上廁所。」她從廁所走出來，樣子有點虛弱。

「最近你生病嗎？」

「我又矮了……腰背很瘦，整天躺在床上，連發訊息都沒力氣。」

她比了比頭頂，跟我解釋先天疾病讓她吃很多藥物，導致現在出現骨枯的狀況。這正好解釋了爲何她好幾天沒回我，也沒應約。

「你知道嗎？以前我有 170 公分，比你還高。穿起裙子來很漂亮。」

她一邊打開行李讓我看那些設計很精緻、顏色很 pop 的派對裙子。

她忍不住把裙子比在身上。

可惜，如今把裙子穿上身的話，裙襬長度都很尷尬地拖著地。

仔細看，她腳跟盤骨有點點不明顯的外彎，這是我之前都沒有留意到的。

「很漂亮。」我點點頭，有點哽咽，不小心感應了那份痛苦，也可能是即將要別離的情緒來襲。她看我沒甚麼回應，默默把裙子摺好，放回行李箱。

「我一直想問你一個問題，卻又找不到合適的時機。」

「說啊，反正我很快會忘掉。」她自嘲。

「失去那二十年的記憶，你有覺得很遺憾嗎？」我問。

「沒有。」她斬釘截鐵，「我覺得這是上天給我最好的禮物。」

我們坐在陽台的搖搖椅上，看著漆黑一片的海，紅色的光從後面透過來，我們又沉默了很久，要輕鬆地說著痛苦的事情，實在不容易，除非完全把這些事情當過去般看待。

「你知道爲甚麼我要這樣做嗎？」她指著上面的內褲燈罩。

「紀念假期男友嗎？」

「不是啦！實情是，因爲我覺得這個白色燈光跟醫院太像了，勾起很多不好的回憶和感覺，把它罩住會好一些。」

她頓了頓，掏出手機，迅速在 Google 翻譯打了幾句意大利文。

「小時候我大部分時間都在醫院度過，我爸媽在十九、二十歲有了我，然後很快離婚了。我爸除了給我遺傳了一雙很漂亮的渣男眼睛，他基本上沒付過甚麼責任，不過我沒怪他，當時他只是小男孩一個。

「其實，一直以來他們兩人都不太願意照顧我，大概覺得我多病麻煩，我像一個人球被他們踢來踢去。這也是我後來看照片，才翻出來的記憶。

「我阿姨跟我說，失憶前的我很強悍、很聰明，因爲二十年來我一直在對抗身體的病痛，還有很多事情，還差點當上機師。但我想，強悍背後的我，是一個不開心的女孩。所以，我很樂意跟這個女孩告別。

「現在的我雖然很軟弱、很蠢，很多短期記憶都記不住，就連英語也說不好，但我還是寧願當這樣子的我，我現在挺愉快的。」

我們安靜了很久，我覺得很難過。我怎也不能相信，先天疾病、父母離異、車禍、失憶、被背叛，幾乎所有世界上最糟糕的事情都同時發生在一個人身上，簡直是荒謬。

如果從旁人的角度看，在這個設定下出品的人生，注定是悲劇。

但如果代入雷鬼的視角，每天起來，經歷的比記住的多，不開心的過去可以過濾掉，專心活一個時刻——她的人生像散文，而不是小說。完了一篇，是新的一篇，沒有東西可以帶到下一頁，命運選擇要她 live in the moment，也是一種不幸中的幸福。

我們就在最後相處的時光，靜靜地坐在一起，聽浪、看穿無盡的黑夜。沒有說很多話，也沒有滑手機。

深夜我們終於要道別，她抱著我，抱得很緊。

小島的黑夜特別黑，除了月光，幾乎沒有別的光源，我看不清楚她的表情。

「謝謝你來看我。」她說。

我討厭道別，因爲覺得那些不捨、糾結、尷尬，會淡化了人與人之間快樂的回憶。

我別過臉，急忙跳上摩托，說：「我下一站去峇里島，你要過來跟我度假，我們再去收集一些男生內褲。」

「好！」她爽快地回答。

我慢慢倒車，離開泊車處，她的身影開始融化在漆黑中。

「你要記住我喔。」她大聲說。

「你也要記住我。」我重複她的說話，卻知道這祈願比任何事情都難。

13 • 佛系清邁家庭

我心裡孿擔心的，
想像如果是香港的父母，
一早已說了個 big NO……

到清邁的頭幾天，決定一個人到山上看看廟。清邁以舊城區爲中心，城市的邊緣被群山包圍。我從寧曼區出發到啪啦寺（Wat Pha Lat）只需要十多分鐘。

寺廟坐落山上，要到達就要從和尚路（Monk's Trail）一直走上去。

我來到和尚路的入口處，卻發現附近有三、四個疑似山徑的起點。恰巧遇上一家人也準備出發，便上前問路。

「我們也要到寺廟，一起走吧！」這家人的爸爸用簡單的英語回答我。他們一家人的名字都很可愛。

爸爸叫「丹」，媽咪叫「弩」，小女兒叫 Nemo。想起了電影動畫《海底奇兵》（*Finding Nemo*）。

「你是熱帶魚嗎？」我問。

小女孩羞澀地笑著，點點頭。

Nemo 率先帶頭出發，媽咪伴在身邊，我們一直往山裡走。我留意到弩跟 Nemo 的互動很微妙，她們的相處方式完全不像一個媽媽跟她的六歲女兒，比較像朋友。他們一家人話不多，要說起話來的時候，聲音總是輕輕的，帶點泰式的溫柔。

來到一條水流頗急的河流，看來因爲剛下過雨的關係，水帶滿泥濘的。Nemo 駐足，跟媽媽指了指一條陡峭的小路，說要下去洗手。看著她下去，我心裡蠻擔心的，想像如果是香港的父母，一早已說了個 big NO：「你瘋了嗎？很髒！你這樣下去想死掉啊？」我幾乎可以想像到，小朋友哭哭鬧鬧，父母情緒繃緊，好一場混亂。

眼前的 Nemo 靜靜地下去水邊，洗過手，回頭看著媽咪笑了笑，又沿路走上來。我們一行人又再上路。

他們一家人只有爸爸會簡單英語。我除了問問他附近有沒有好吃的清邁咖喱金麵（Khao Soy）介紹，便幾乎沒有對話，但沒想到這樣的相處很舒服。有一刻我覺得這家人心裡都裝了個無線電，不用說太多話，卻異常有默契。

「嘿，弩，你記得我們上次去那家 Khao Soy 叫甚麼名字嗎？」

一路上丹走在最後，他就是這樣呼喚妻子，用她最原本的名字，彷彿卽使有了家庭，她還是最原初的她，而不只剩下是孩子的媽、別人的老婆。難怪她整個人看來輕鬆自在，沒有一絲繃緊。我在想，如果一天當我自己有了家庭，愛人的責任是我自己的選擇，並不是別人加諸，那感覺一定輕鬆自在得多，而我也會更願意去愛、去付出。

走了大約四十五分鐘，我們終於來到寺廟前。

六百多年的歷史眞的非同凡響。這座寺廟的建築群落在瀑布旁邊，眺望可見整個清邁古城的遠景，瀑布旁邊長滿了曼陀羅花，一顆一顆垂吊著，聞說這種花朵是止痛藥，也是迷幻劑。

就在我駐足原地被這眼前美景震攝著時，媽咪跟 Nemo 已經一直往前走遠了，丹則徑自落後，拿著手機拍這拍那，就這樣我們一行人很自然地各散東西，消失在佛寺的每個角落，也沒有相約甚麼時間地點會合。

在廟裡，信衆在大佛像下以「五心朝天」的方式盤坐禮拜。所謂「五心」，是指頭頂心、雙手心和雙腳心都向上，意味著雙手放開執念，承接佛的雙足，接受佛陀的慈悲與恩澤。

我在寺廟裡漫無目的地走晃，看到僧侶跟本地遊人交談，歐美遊客在佛廟前脫掉鞋子，赤足漫步在庭院中，靜心感受這股清靜。

我自己是一個無神論者，但在我看來，特別是眼前這景象，讓我驚覺每座起得再宏偉的大佛像，再金碧輝煌的寺院，所帶出的宗教精神卻還是非常在地且是無孔不入的。就像與大自然貼近，靜觀的力量，仰望高處時所感到的敬畏與謙卑，教人放棄欲望與執念，好讓雜念來了又去，也懂得與人分享喜樂，這些也許是來自宗教的靈感，又或許跟宗教無關。

「你要吃一顆嗎？」Nemo不知甚麼時候再出現在我面前，把最後一顆燒魚丸子留了給我，我毫不客氣地吃掉了，她看起來比我還開心。

不知怎樣地，我跟他們一家不約而同又在寺廟某處碰面了，剛剛一小時，要是有緣原來真的就會再碰上呢。

「天黑了，想回去嗎？」丹問我。

我緩緩點點頭。這一行真的洗滌心靈，我的動作也跟著放慢，大概身體裡已有了那種清邁的慢活基因。

我與丹一家三口跟著太陽下山的步伐，又在叢林間走了好一段時間，天都黑齊了，來到他們的車子前。

這時，一個年約八歲的女孩從車裡鑽頭出來，嚇了我一大跳。

「這是誰？」我很驚愕。

「噢，還未介紹呢，她是我的大女兒，Nemmon，『如水』的意思，佛寺那些聖水。」丹模仿著灑水的動作。

「所以她一直都待在車裡？」我很詫異。

努用簡單的英語說：「對啊，我問她要不要爬山，她說不喜歡，所以就選擇待在這裡嘍。」

Nemmon原來已經一個人待在車上兩個多小時，她好像也沒甚麼所謂，就自己滑滑手機。她看見我們時樣子很開心的，也很平靜，跟我禮貌地微笑著。

上了車，讓丹載我回到城市。他們一家人有說有笑的，丹又提議我可以到某家音樂很棒的夜店跳個舞。

一路上，我還在想著把這個八歲女孩留在車上兩小時的事情。

這家人，眞的很佛系呢。

SECTION III

/

流轉生活的練習

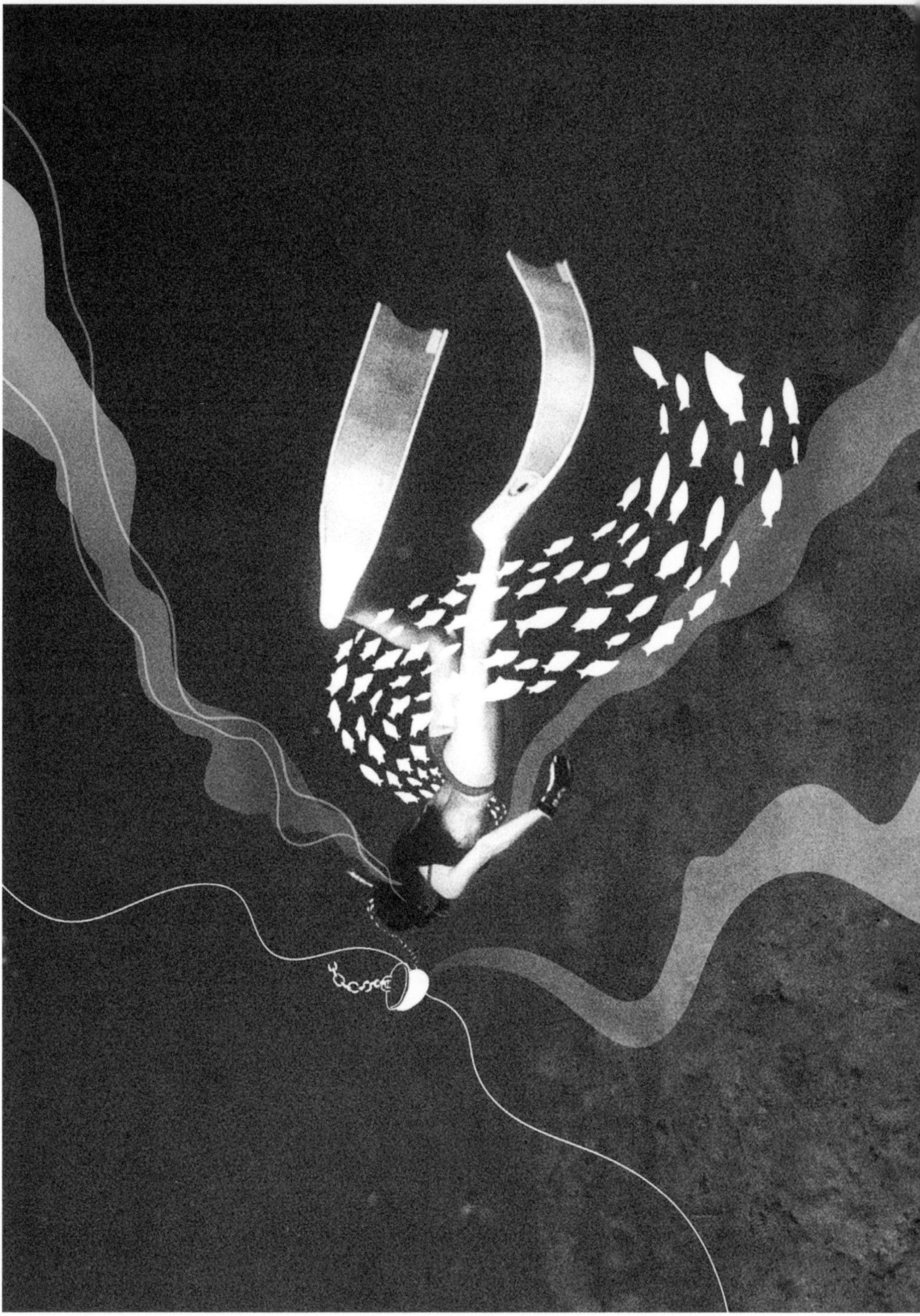

14 ◆ 跟我一起走下去

一個人身處異地雖然很自由自在，
但來到一片陌生的土地，
愛人就是大海的一根浮木。

情侶吵架，是家常便飯。至於我跟他在香港分手後，還吵到來泰國偏遠的小島的一條大馬路上，就眞是一個壯舉。

「我剛才在路上已經一直聽到不正常的引擎聲音，我說了車子不行，你又不信我。」

我們二人在一條無人的路上，摩托車壞掉了，我一直抱怨著。

「我覺得我可以把車子推上斜坡。」他一臉倔強。

我們在黑夜裡推著摩托車，一路上沒有其他人，就連遠處泰國人家屋裡的燈光都是昏昏暗暗的，路燈也壞了，不知道是因爲停電還是根本沒人修。

前路不見盡頭，不要說人，鳥蛋也沒一隻。

「你還是兩年前的你，那個老樣子。」我搖搖頭沒好氣。

「你也是，甚麼都要大驚小怪。」他用力推車也不忘嗆我。

「所以我們壓根兒就不配啊。」我低聲道。

二人又沉默了好一陣子。

「我們不如找人幫忙。」我說。

「不用，我們推著推著就到維修店。」他很堅持。

果然，好幾分鐘後一個小鬍子泰國男人從一旁的小徑跑出來。

「你們要幫忙嗎？」他問。

「你看，我就說了，有問題，上天自然會有解決辦法，你就別著急。」他對著我說。

「才怪！是我打的電話。」我晃了晃手機，露出勝利的表情。

「喂，是你們打電話來說要幫忙嗎？」小鬍子不耐煩，再問了一遍。

「對、對。」我們一邊合力把車子推到他的店。原來大家都沒錯，真的有維修店在附近。

「你們是情侶哦，大黑夜在這裡幹甚麼。」小髫子用詭祕的語氣說。

「我們是朋友！」我們齊聲道。

❖ ❖ ❖

要不是今天下大雨，我也不會獨個兒乘小髫子的出租車，在島上乘坐有四個輪胎的交通工具是十分奢侈的事情。

「你們兩個的關係究竟是怎麼了？爲甚麼那天在馬路上推車？趁現在告訴我。」沒有想過泰國男人咁八卦。

我說：「我和他最後一次在香港見面，是在我們的愛勒得對方快要窒息的關頭，除了結束兩年的關係倉促離場，別無他法。我們各自開始了自己的旅程，沒想過，竟然在小島再次相遇。」

記得那天黃昏，我坐在一個 infinity pool 的盡頭，他就在海與天之間的狹縫中找到我。

「好久沒見。」他攤開雙臂，靜靜地把我擁進懷裡。我記得我們胸口貼著對方，而我的淚腺開始失控，那像是終於回到熟悉的家的感覺——Nostalgia，有多少是遺憾，也有用時間釀出來溫柔而沉重的想念，心裡一直想：我們還能一起走下去嗎？

❖ ❖ ❖

「哇！超浪漫嘛！」聽罷，坐在駕駛座的小鬍子笑不攏嘴，我在副駕一臉不忿。

「我把我的感情事告訴你，你竟然笑我。」我裝作很氣。

「不是啦，作爲一個四十歲的大男人，我可以老實跟你講，一個人身處異地雖然很自由自在，但來到一片陌生的土地，愛人就是大海的一根浮木。記得五年前，我剛從曼谷辭掉了Chanel的工作，來到這裡開車店，也在感情事上浮沉了好幾次，女人嘛……」

「你以前在Chanel工作？難以置信！」我很驚訝。

「對，所以我很懂女人。」他看著倒後鏡內自己帥氣的模樣，滿意地微笑。

「哈，你現在還是單身。」我譏笑他。

「我很懂女人，所以選擇單身。」他更正我。

「我大學畢業後進了Chanel，那時候玩弄很多女人的感情，又爲女人打架，不過說到底，我覺得人壓根兒就是想搵個伴。」

「對，與一個能夠跟自己共鳴的靈魂相依共存，是一件很幸福的事。」說罷我就要下車了。

我剛轉身，他探頭出窗外認真道：「我跟你說喔，在這小島的情人終究會在一起的。」

❖ ❖ ❖

後來，我跟他決定重新認識對方一遍。

從前密不透風的房子，我們嘗試把所有門窗打開，任由旅程的種種奇遇流進這段關係，好讓我們把對方看得更透澈。

在小島相處的日子，跟在香港拍拖很不一樣。沒有IG-able的打卡店，出門幾乎不挑衣服，妝也很少化，不需要跟太多人打交道，沒有親朋戚友要交代。

兩個靈魂在大地上飄蕩，誠實而簡單地相對著。

我們會到天體沙灘一絲不掛，與赤條條的大夥兒一起吹海風。

炎熱的晚上，我們大汗疊細汗在路旁小攤吃熱辣辣的冬陰；回家路上，逗著路邊的小貓咪，給每一隻改一個牠們都聽不懂的廣東話名字。夜深洗澡時，我們會一起高聲唱起黎明的《今夜別離去》，對抗蟲鳴鳥叫，和鄰居們歇斯底里的叫床聲。

之後到了峇里島，我們每逢週末會一起騎摩托車在山林小徑迷路，直到 GPS 失靈。試過不小心鑽進小村莊，和峇里紋身大漢喝印尼米酒，消磨一個下午。

❖ ❖ ❖

愛情之所以讓人恐懼，就是因爲它的本質像是賭一把，看看眼前這個人，能否接受如此三尖八角的自己。很多關係裡的角力，本來都來自恐懼本身——怕對方看穿自己的脆弱，所以率先向對方做出控訴；怕對方離自己而去，所以過分苛求關注；怕兩人之間的愛會有天灰飛煙滅，於是制訂各種制約把大家勒得喘不過氣來……

其實，這些最後都帶到一個核心問題，就是——倘若，我不值得人愛呢？

❖ ❖ ❖

遊牧中的愛情關係，有點像現實版的《十二夜》，把兩個人的相處濃縮到一個極點。如果說同居是對一段關係的考驗，一對戀人一起遊牧，就是終極的試煉。小至如何前往目的地的意見分歧，該不該由一個國家換去另一個，大至對安全的理解，甚至旅途難以避免因遇上花花草草所帶來濃烈的嫉妒感，這些都可能是足以令我們不能順利畢業的試題。十二個月不到，幾乎大部分要吵的架都已經吵過一次，關係來了一個循環週期。

遊牧中的戀人很赤裸，當全身每一寸欲望與恐懼，都投射到對方身上，我們就不得不誠實相對。

旅程經歷時間久了，這些坦承只會愈來愈深，就像剝開層層洋蔥。後來，我們會發現對方心裡，原來都只是一個脆弱的小孩，我們眼裡對方的每一句帶有攻擊性的說話，都只是太畏懼而產生的自我保護的機制。從前心裡的疑惑：「他不爲我改變，是否他不夠愛我？」、「我爲他付出這麼多時間，值得嗎？」這些有關價值的懷疑，彷彿都已經不重要。

一段關係中，我們永遠不能爲自己或對方掛上一個標價，要承認有些東西無法量化。如果眞的這樣斤斤計較地衡量愛，就如用天秤量一個人，永遠無法得到答案。

不論小鬍子說「這小島的情人終究會在一起」的這個預言會否應驗，我也感激遊牧中的這段日子，用一個特別的方式，回應我心裡藏著的這些對關係的糾結。

15 ♦ 換房子

旅居跟旅行的最大分別就是，
要在資金許可的情況下找一個可持續居住的新環境，
而不是像旅行一樣，
抱著難得出遠門，
便豪爽一點住星級酒店，
花多點錢吃喝玩樂的心態。

印尼是一個回教國家，但峇里島是一個例外。

峇里島一向有著截然不同的文化傳統，信奉印度教，每年祭典、節日都跟印尼其他地方不同。更特別是，因爲多年來外國人帶來西方文化的洗禮，令整個島嶼更是充滿了奇異的色彩——一邊是稻田、漁村，以務農、日日勞動維生的印尼人爲主；另一邊是由外國人發展出來的夢幻島國，洋洋灑灑地揮霍著青春與資本，興建了超豪華的別墅、酒店一大堆，又引進一系列西化的概念餐廳，以及蛋奶素、自然飲食等等的。近月就有個非常富有的印度律師在蒼古（Canggu）海灘旁邊建了個豪華泳池辦派對，夜夜笙歌。

就這樣，當地人靠外國人帶來了經濟活動及收入，外國人在東南亞得以找到一片土地自製天堂，兩者共生了好兩、三個十年，形成了現在的這個「峇里島」。

❖ ❖ ❖

剛抵步峇里島的頭一個月，我們就換了三個住處。

旅居跟旅行的最大分別就是，要在資金許可的情況下，找一個可持續居住的新環境，而不是像旅行一樣，抱著難得出遠門，便豪爽一點住星級酒店，花多點錢吃喝玩樂的心態。

雖說是要把收支計算清楚，又不能太委屈自己，因爲住得不舒服太影響心情，就不能保持生產力繼續網上的工作。所以說到找住處，實在是一大難題。

❖ ❖ ❖

我們計劃到峇里島的 Canggu 落腳。這是現今 Digital Nomad 最集中之地。這個地方雲集衝浪文化、創業者 lifestyle，隨處可見養生系列的商店、餐廳，也是世界各地俊男美女網紅的據點。在網上搜尋的時候，這裡看似是個天堂。

只可惜……

剛抵 Canggu，我們便幾乎想立即搭上第一班回程機。

一路上驚人的擁擠，摩肩擦踵的不是行人，而是摩托車。前胎貼著別人的後胎，你的腳碰著他的腿，公路上的普通車子，簡直像是蟻群中的大甲蟲，體型雖大卻動彈不得。當車行的紅燈轉綠燈時，整列車群便跑馬開閘般蜂擁而上。

坐在的士裡的我們往外看，完全看不見一滴小島風情，每隔十分鐘就見一座大商場。以為再往海邊走，轉入小街會好一點，結果更是嚇人。小街的每一寸都被西式咖啡店、餐廳、時裝店進駐，商鋪以針插不入的密度存在，彷彿是一群外國白人帶上了小島自然風情的面具，大大力在這裡灑銀鋪金。

一式一樣的波希米亞風網紅咖啡店，米白色牆、鏤空竹燈罩、繩織外框的鏡子，倒模在每一條街、每一個轉角，是一個實體 Instagram news feed，它們的定位可以肯定就是打卡點的布景板。

來了這裡三天，除了眼睛有審美疲勞，所有感官都不約而同地抗議這個快得叫人喘不過氣的生活、旅行節奏。

我們去了好幾家餐廳，侍應都擺著詭異而過分熱烈的笑容，是殷切的資本主義式微笑，加上久經訓練的執行力——非常禮貌地，催促著你下單、加單、埋單。約一小時長的晚餐，我們承受著近乎令人窒息的關注度。

我們實在不願意相信峇里島被過度發展這個事實。於是，原訂在Canggu逗留一個月，我們改短了行程，提早搬到另一個區域再試試看。

❖ ❖ ❖

後來，我們到了烏魯瓦圖一家離開大路的小木屋，租金很便宜，就一百多港幣一個晚上。

頭一、兩天還行，不過，過了幾天，問題又來了。

隔壁的公雞四點多就起床，一直叫到清晨五、六點。雞叫的時候，狗也會跟著吠。基本上我們一個早上要醒來幾次。到真正起床的時候，總感覺睡不飽，好幾天頂著兩個黑眼圈工作去。

房子很小，大概只有一百五十平方呎，窗簾布是整塊固定在窗緣的（我不明白為甚麼要這樣做），開了窗戶蚊蟲會飛進來，床又沒設蚊帳。房間整天照不到陽光，冷氣長期開著對抗屋裡的濕氣，冷得要命。過了幾天，床單和枕頭開始微微發濕，有很小很小的蟲子跑上床單一起睡。腿部總是莫名其妙的發癢，又不見明顯的蟲咬痕跡，很是怪異。

我們討論了很多次該不該搬走。不想搬，是因爲找新家實在太累，亦擾亂了工作的節奏，每次安頓在新的住處，都得花上至少兩、三天找附近適合工作的咖啡店、洗衣店，找吃的、買日用品、瓶裝水的地方，又要和新的業主溝通。何況每次短租一個星期，成本實在不少。

再待了一個多禮拜，連熱水供應也突然成了問題，才一分鐘熱水就消失得無影無蹤。我淋了一身冷水，滿頭泡泡的走出浴室，狠狠地提出要再一次搬家。

我們第二天就收拾行李，往一個海邊的漁村出發。

❖ ❖ ❖

艾湄灣（Amed），是由七個漁村組成的小鎮，是一個很有靈氣的地方。

這個海灣就坐落在阿貢火山（Mount Agung）——全峇里島最高的活火山的不遠處。每天可以看到藏藍色的海水和宏偉的活火山，馬路邊沒有fancy的打卡咖啡店，就只有一望無垠的田野，種著稻米、玉米、花生，還有很多叫不出名字的蔬菜。沿路走著，很多狗狗、貓咪，還有一家大小的雞在過路，人雖然不多，就是很有生命力。

這裡的沙灘都是炭灰色的，聽說這是風化了的火山岩。

沿海邊走，看見漁民在曬鹽，用管子把海水抽到一個像濾斗的竹編盛器，再把鹽水分配到一條條木坑裡，天天曬著，平均八天就可以成鹽。

海邊的水總是清澈見底，卵石在陽光底下閃閃發亮，莓紅、霧紫、鵝毛灰、微藍的黑，這些卵石都是天然的色版，踩在清澈的海邊，我眼睛總是離不開它們。

每天住在宏偉的火山腳下，被寶石藍的海洋環抱著，你說多幸福呢？

來這裡的第一天，我鐵定這裡就是新家。

16 ◆ 找工作

我看著戶口的數字一直下跌，
一個月又過去，
發薪日遙遙無期，
我開始有點躊躇不安……

在遊牧生活裡，擁有更大的自由，也就意味著身處於更大的不穩定性當中，生活如是、工作如是。作爲一個 freelancer，工作彈性大、自由度高，但同時支薪日期也很「自由」，我不得不承認這令人挺不安。不知道何時要啃積蓄，又不知道旅程中有沒有突如其來的使費。

有次男朋友在泰國開摩托，在沙子中滑胎了，膝蓋破皮要縫上好幾針，醫療費用也不低，想 claim 旅遊保險時才驚覺出門一百八十日後不回港就不能索償，他也只能無奈地接受又要多花一筆錢。

這幾個月，我一直要以不穩定的收入，應付著恆常的開銷——房租、吃喝，還有visa run的機票、摩托車的租金，也要定期在泰國續辦簽證。我看著戶口的數字一直下跌，一個月又過去，發薪日遙遙無期，我開始有點躊躇不安，決定趁手頭還有點鬆動的時候去多找份工作。

這段日子，在搵工平台上看見愈來愈多遙距工作，不過要找到一份靠譜的（不是炒散形式），而且薪金合理的，需要更大的努力。

這時候的我們剛來到Canggu，由泰國搬到印尼，雖說同樣是東南亞國家，但不論是氣候、文化、城市氣氛種種而言，都完全不一樣。我們的身體開始出現小毛病，例如睡不好、沒甚麼胃口、喉嚨腫痛等等。加上疫後峇里島的這一季特別繁忙，街道上熙來攘往，我們從一個僻靜的小島搬來，精神上都有點受不了。

早上塵土飛揚的街上擠滿摩托車，我一邊處理生活瑣事，一邊兼顧每日的工作。在印尼，最大的挑戰就是找一個穩定的網絡進行視像會議。印尼島嶼的基建始終不如大城市，網速就像渣男一樣，一時熱情澎拜，一時消失得無影無蹤。

那幾天，我剛從一趟大半天的road trip回來，身心俱疲，突然接到一個獵頭的邀請，她正在爲一家新加坡藥品公司找撰稿員。這份工作不論是人工抑或性質，都很合我心意。

一切突然來得飛快，獵頭想我盡快遞上作品集、安排面試，於是我決定在精神欠佳的狀況下連夜寫好作品集的網頁，第二天一大早又灌了咖啡，撐著眼皮更新了履歷和準備面試內容，等待好消息來臨。

我的心機沒被白費，很快公司打來邀約面試，我趕緊搜尋附近的 co-work space（共享工作空間），付費租了一小時的會議室，務求在視像面試時獲得穩定的 Wi-Fi，如果連面試都在技術上卡關，難以想像如何說服公司讓我遙距工作。

可惜，無論我準備了多少，意外歸意外。

可能因為身心太累的緣故，我出發往 co-work space 之際，竟然不小心把袋子連車匙，一起鎖了在車座箱內！

我看著沒有了車匙的摩托車，束手無策。時間一分一秒地過，還有十五分鐘就要到我的面試時間，而這段路程距離我家大約十分鐘。

這時兩個印尼人正把一輛摩托車租給隔壁的兩個外國人，他們看著我不知所措，於是前來協助。幸好他們正是摩托車店的人，身上有維修人員該有的東西，他們一個扭開螺絲，一個猛力把座椅撬起，車座出現了一道縫隙。我從他們撬開的那道縫伸手進內，飛快地掏出鑰匙。我迅速扭動車匙，看也沒看過就開車，駛出大馬路。

不料這時一輛大貨車迎面衝過來，我在混亂之中嚇呆了，那兩個印尼男生也嚇得大叫，幸好大貨車停了下來，司機用我聽不懂的印尼語不停罵我。現在回想起，都覺得自己太魯莽。

那時候我也沒有理會多少，開車直奔到 co-work space，衝進會議室，接上 Wi-Fi，只草草地整理了上身衣領，在面試官加入會議的一分鐘前，趕緊接上了線。

過程中，有些面試官的確對我的生活模式難以置信，有點羨慕，但更多的是質疑：「你會不會接不到電話？」、「有沒有時差？」、「你肯定可以隨時 zoom meeting 嗎？」、「我們的工作節奏很快，需要團隊迅速的行動回應！」……

我硬著頭皮，裝著一腔自信將這些質疑一一擊破，心裡卻是有點不踏實。

兩星期內，面試一輪又一輪過去，竟然來到第四輪，還差一關才完成「打大佬」，新加坡人辦事眞的很嚴謹呢。可我精神上已經覺得有點疲憊，加上對新地方的不適應，感冒了，面試結束後也久久未能完全恢復，就連應付原本的工作都有點吃力，更枉論去遊山玩水。

我躺在床上，身心俱疲，這晚剛巧洗澡的熱水又不給力，熱了幾分鐘又消失，極早的雞啼聲讓我好幾天無法好好睡覺。我在思索這份辛苦是爲了甚麼？比起好好在辦公室工作，放工享受生活，這樣將旅行、爲生活奔波，混在一起的生活方式眞的比較好嗎？還是「兩頭不到岸」，無法好好享受，又無法好好工作呢？

❖ ❖ ❖

「我有一個好消息跟一個壞消息。」獵頭說。

「請說。」

「好消息是，公司認爲你是目前最好的申請人，想立即錄用你。而壞消息是，由於你會旅居於不同國家的關係，他們沒想好如何處理稅務的問題，暫時只能請你當 freelancer。」獵頭說。

「噢。」忙了一大堆，最後都只有一個「自由工作」的 offer，不算好也不太壞。

「錢方面的確是不錯的，就是工作忙了點，公司預計你需要朝九晚五 on-call，你做得到嗎？」她問。

「我再想想。」我說。

接電話的那一刻我正坐在摩托車後座，滿臉塵埃，想像著我要多兼顧一份朝九晚五 on-call 的責任來換穩定性，那不就是更像我原本的生活嗎？這麼努力衝出重圍，就是要爲生活改頭換面，我接受不了這種倒退。

又想起單單爲了這個面試，自己如何疲於奔命，於是我婉拒了，決定再另覓一個令遊牧生活更可持續的辦法。

17・避開城市的魔咒

在香港，我經常感到自己擁有的並不足夠。
每日被這種「不足夠」的感覺淹埋，
便希望用最大努力掙錢，
然後再把自己從頭到腳 upgrade……

當一個數碼遊牧人，有一點很有意思，就是工作的內容跟環境可以完全割裂。像是我即便在做以消費主義爲基礎的廣告工作，寫著天花龍鳳的文案賣著奢侈品，只要離開工作桌，抬起頭時，眼前是眞眞確確的一座大火山和一片片種植著瓜瓜菜菜的田野，人們正在落手落腳幹活的場面。

在香港，我經常感到自己擁有的並不足夠。每次走入 SOGO，那裡的 Sales 會因爲你穿搭樸素、手上沒有拿一個有分量的包包而眼尾也不瞧你一眼，在 Instagram 上不難看見香港女生普遍精緻的妝容，她們在中西區行走穿搭時髦的衣裝，讓我時刻感覺被提醒自己應有的模樣。看著鏡子中自己的那種落差，成爲了消費的引力。美妝店、護膚品店，鎂光燈下那些小罐子，好像本來就應該存在於每個女人家的梳妝桌上，現在就連本來主打成熟市場的SKII都在猛攻二十出頭的妙齡少女，說二十歲就要開始用第一瓶「神仙水」。

生活的每一步，都彷彿告訴我們：城市人，要有城市的模樣。

活在城市的魔咒，每日被這種「不足夠」的感覺淹埋，久而久之，我們便希望用最大的努力掙錢，然後再把自己從頭到腳upgrade，希望把自己打扮得亮眼一點，出去吃得豪氣一點，帶著個包包、潮物傍身，拚命證明自己是這個繁華都會的一份子，用眞金白銀證明個人價值。

自從開始做了數碼遊牧民，生活在鄉郊，我沒有數算已多久沒買新衣服，穿得簡單一點也不覺得有差。很多天沒有gel甲、植眼睫毛，頭髮兩年沒燙，幾乎沒怎麼化過妝，但住在陽光充足、空氣新鮮的島嶼上，我照照鏡子，發現整個人看起來竟然精神奕奕的，比起那個一直被化妝品、飾品、衣物掩埋的女生，我開始更喜歡自己簡單的原貌。

在這截然不同的環境，我的靈魂得到另一種回饋。

這天天色晴朗，我騎著摩托車，在無人的大馬路上，向著活火山奔馳，太陽曬下來的一刻，我彷彿沉浸在這世界滿溢的愛中，不再需要拚命爭奪關心，不再需要努力證明自己的價值，我感到無比自由。

豆大的淚水在不知不覺間從眼角一顆一顆滾下來，我彷彿聽見天空在跟我說：

You are enough.

你是足夠的，

世界喜歡你現在的模樣，

就—這—樣。

18 • 伊真火山的煉獄

我們只是揹個簡單背包走路已經覺得十分吃力，
難以相信他們是如何舉步艱辛地，
每天從地獄折返到人間……

印尼是一個火山國，土壤之所以這麼肥沃，是因爲火山礦物留下來的營養，滋養了不知多少公頃的農地。所以，除了爆發的時候，印尼人的生活都十分仰賴火山。

來了峇里一會，聽朋友說爪哇島的伊真火山還能「淘金」，我一聽就很興奮，很想去看看人們是如何在火山淘金！

「不是眞的金啦。」男友翻了個白眼。

「那爲甚麼印尼人要衝著去淘？」

「因爲那些『金黃色』的硫磺礦物可以賣錢。」他答。

「賣多少錢才值得他們攀上整個火山去淘？」我對這些非金的金很不解。

「這我也不淸楚。」他說。

爲了查明這個眞相，我們決定跟一班朋友一起去伊眞火山看個究竟。

一行五人，我和男友加一個香港朋友，以及剛滿十八歲的美國男生和一個美籍印尼人。

這趟行程眞的不簡單，我們通宵達旦乘車，由西到東橫跨整個峇里島，又連車帶人乘船到爪哇島。好不容易來到火山腳，跟嚮導「老爸」連絡上，他是一個小個子，親兒子跟著他一起當火山嚮導。

就在火山步道的入口處，氣溫明顯比峇里島低好幾度。這時已經是凌晨十二點，我們灌了罐裝咖啡，吃了老爸給我們準備的印尼地道烤香蕉（Pisang Goreng）就準備好出發。

頭一段路程，碎石路蠻多的，我們這幫城市人穿著爬山鞋蹣跚地一步一步走著，而旁邊的本地印尼人則只穿著單薄的球鞋、拖鞋，有的更赤著腳，一邊拉著手推車，一邊喊著「taxi、taxi」的，一路跟著遊客們，游說我們付費把我們推上山去。

「現在是凌晨，那麼我們不會看到採礦工人工作吧？」我問老爸。

他糾正我：「當然看到！我以前也是礦工。凌晨時分最涼快，是最好的工作時間。採礦工作基本上是二十四小時的，除了正午時分太熱，大部分時間我們都在運輸硫磺。」

「搬著硫磺礦在這崎嶇的火山步道走，好像很吃力呢？」我問。

「你待會自己親眼看看。」老爸賣個關子。

伊真火山的山腰大概二千多米高，雖然不算太高，但我們並不大習慣這個高度的含氧量，一邊走心跳愈來愈快，每走十五分鐘就要歇一會兒，十八歲美國小子多次落後，我們好幾次差點把他丟失了。

走了快兩個小時，我們終於來到火山湖口的範圍。硫磺氣體的味道直逼我們的眼鼻，嚮導老爸拿出３Ｍ過濾口罩給我們戴上。爲了讓頭燈的射光不影響到身邊的旅伴，我們將燈光的顏色調校到紅色。紅色燈光下加上毒氣口罩，情境看上去有點詭異。

「準備好，我們繼續出發！」

老爸純熟地帶著我們一直往下走到湖邊。要深入這個危險地帶，才會看到採礦的過程，和傳說中的伊真「藍色火焰」——硫磺氣體被加熱到攝氏六百度時的罕見現象。一旁的火山湖，則是一個硫酸湖，酸鹼值達到 pH 0-3 ，一不小心掉下去就會被強酸溶解，光是聽也覺得可怕。

一邊邁向湖口，路比原先的更難走，近乎七、八十度的斜坡，斜坡上是一層碎石沙泥，我們得要手腳並用才能夠穩住身子，一步一步的往下爬。

一路往下爬的途中，身邊開始有赤裸上身的礦工們沿路折返，他們用擔子扛著兩大籮硫磺礦，雖然從其很熟練的步伐可得知他們對這些曲折崎嶇的山路已瞭如指掌，但也看得出這種差事非常費勁——他們肩膀的皮膚被大約七十公斤的硫磺壓得折疊紅腫，整個背部因為重量分配不平衡而嚴重歪斜，每大概走一百米就要把擔子擱在石頭間休息一會，抽一口煙。單是從火山湖走下坡、上坡就長達 1.6 公里，約二百米垂直的攀升。

半爬半走了又不知多久，我們終於來到湖口的底部。此刻我終於意識到外媒所說伊貞的「魔鬼黃金」並無誇大造假。整個湖口煙霧瀰漫，我們像走在人間煉獄，刺鼻的硫磺氣體不停吹向我們。

距離日出不到一小時，不遠處冒起了藍色火焰，這火焰只會出現於日出前一小時，很快就會消失。我們被紫藍色的火焰、靛青色的硫酸湖和黃色的巨型硫磺礦包圍，我開始懷疑我不是在地球的哪裡，像去了另一個異空間。

礦工們所處的採礦點，正正是在硫磺氣體噴出來的排氣口旁邊，一旁更是高溫的排氣管。他們用鑿子，一下一下把硫磺鑿下來，有的更把它們打碎成小塊，以方便販運。

站了不久，我們跟很多遊客一樣，被嗆得眼淚鼻涕直流，不得不停在湖邊的石塊上坐下。

「就上星期，我有位前工友因爲被 hot pipe（排氣管）絆倒去世了。」嚮導老爸淡淡然跟我說，好像這不是甚麼稀奇事。

那一刻我已經分不到是氣體澀眼，還是此情此景震撼得讓人難過。

日出了，我沿路回到山頂時，更看清楚了礦工們粗糙的皮膚和疲態。我們只是揹個簡單背包走路已經覺得十分吃力，難以相信他們是如何舉步艱辛地，每天從地獄折返到人間。他們每日需要來回多次，從山頂走下去湖口再上來，然後將多次收集回來的硫磺用一架手推車拉回城市。

然而，從煉獄到山頂，每一個攀升都意味著這些礦工離某個願望又再近了一步，也許是供書教學，盼望他們的下一代不用再付出這樣與收穫不對等的勞力。

「每天這麼多遊客來觀光，看著他們工作拍拍屁股就走，不是很怪嗎？」我問嚮導老爸。

「你們這些遊客，是我們得以向上爬的原因。」他說。

「所以你們很歡迎遊客？」

「沒錯。五年前我還是礦工，天天上火山挖礦供養我兒子讀書。後來我花了點時間學好了英語，現在當嚮導，生活沒有以前那麼艱辛，我的肺也好了不少。愈多人來，意味著我們的生活愈可以攀上一層，盡早離開這個煉獄啊。」

從勞動階層往上攀升，從被壓迫到自由，從被固有價值綑綁到自我實現，我們每個人都有離開煉獄的方式與理由，只是恰巧在印尼爪哇的這個角落，在山區長大的一群人眼前只有這個上流的方法，才會採取這麼艱辛的工作方式。

回到頂處，終於可以在陽光下俯瞰整個火山湖口，風景非常壯麗。

清晨的光灑在靛青色的湖面，風沒有那麼大，一陣煙霧凝在湖面不遠處，山脊在晨光下層次分明，加上山上清涼的氣溫，形成令人歎為觀止的景象。

儘管是別人說得多可怕的煉獄，一到晨曦，仍然看到很多生命的曙光都在這裡兌現呢。

19 • 海底深處

「不看著目標，我怎麼知道自己還有多久才到呢？」

「要到的時候，自然就會到。」

「這代表我甚麼都不用做嗎？任由環境擺布嗎？」

「也不是，你要做的是專注此刻……」

艾湄灣本來就是很多自由潛愛好者進行訓練的地方，因爲這裡的海灣長年風平浪靜，而且從岸邊出發，很容易就可以到達有足夠深度的地方。

我報名參加了家附近的一間潛店的自由潛課程。法籍教練Y是自由潛國家紀錄保持者，我跟著他一起踮起腳尖走在熱燙燙的黑沙上，手拿腳蹼，準備潛往大海裡。

「很難想像，一個人加一雙腳蹼，可以模仿鯨魚潛到一百米下的海洋深處。」

「不用『模仿』，是把能力找回來。」Y更正我。

「你是說每個人本來就有這樣的能力？」

「人類的祖先，最初是在海裡生活的，我們像那些海裡的哺乳類動物一樣，鯨魚、還有海豚，可以呼吸一口氣，然後潛到海洋深處去。人體有很多構造都是用來深潛的，例如潛水時我們會承受很大的水壓，肺部會脹大對抗水壓；四肢的血管會自動收縮，幫你保留氧氣在肺部附近；還有你的脾臟會送出更多的紅血球運送氧氣。」他像是在說一個有科學根據的傳說。

「哇！很神奇嘛，這副精妙的設計，就像爲讓人類回歸海洋而設的。」

我覺得很神奇，我的心情有如移民火星的人類後代，首次回到地球勘察，對脫掉呼吸器可以吸氧氣嘖嘖稱奇。

❖ ❖ ❖

我們一起游到離岸邊較遠的位置，Y著我除掉潛鏡做熱身。

「光是臉浸在水裡，就有平靜的作用。」Y說。

我脫掉潛水鏡，整張臉浸進海水裡。眼前印度洋的海水藍得發亮，海底深處透出一個會動的光源。我看見幾隻小得像半片指甲的魚在我臉龐游過。

當海水貼在臉上瞬間，一陣舒爽的涼意爬上頭皮。頃刻，我忽然失去了呼吸的欲望，幾乎不需要用任何力氣屏息呼吸，這一刻我彷彿像未出生的嬰兒在空間浮游，對環境未有察覺的能力，腦袋一片空白，時間的概念漸漸遠去，只用本能存在著。

「你準備好，隨時可以下去喔。」Y跟我說。

我深深吸一口氣，沿著繩子一直向海底深處沉下去。想像四肢一直融化在一片湛藍中，成爲一片浪、一條魚。除了水鑽入耳鼓的聲音，水底一片安靜。

我轉身準備回到水面，一抬頭看見水面離我萬丈遠，隱約見到波光粼粼，像是水缸的頂部，而我則在深處。那一刻，我心裡冒起了兩個念頭，一邊是對人類本能與海洋的敬畏，另一邊是可怕的窒息感。

我再抬頭看見黃色網球就在不遠處，這代表著我離潛繩的終點還只有幾步。

就在這個「快要到」的念頭在我心裡冒起的瞬間，我突然覺得心口很焗，好像被很重的東西壓著，正正就是自由潛者通常說到個人極限的「大象快要踩上來」（elephant approching）的感覺。

我不得不盡早折返，眼見快要碰到終點，卻又沒有到達，我抱著這份遺憾往水面慢慢浮上去。

❖ ❖ ❖

在這裡開自由潛店的，很多都是國家級的頂級選手，或者是來自世界各地、前來「拜師學潛」的自由潛愛好者，同是香港人的 Monique 是其中一人。我們經香港自由潛的朋友介紹，在峇里島這裡連絡上了。

「我是當空姐的，很多年了。前陣子很久沒工開，現在復飛了，我看準時機在 0+3 [1] 前買了一折機票，嘻嘻。」她是兩個孩子的媽咪，但一點也沒有很媽咪的感覺，感覺挺放鬆的，說話像二十出頭的女生。

「這麼厲害，從當空姐到現在拿到自由潛教練牌。」我很詫異。

「巧合吧。那時候生活不愉快，婚姻、其他實際壓力，種種、種種，總之是都市煩惱。但接觸了自由潛，我的生活就不一樣了。如果能夠控制自己的 mind，你有一天會明白，很多不幸，都是自己有權選擇接收與否，是你選擇幸福，而不是要等幸福選中你。」

「對喔，只要掌握到腦袋的竅門，人的抗逆力比我們想像中高很多呢。」我表示認同。

「是的，以前醫生說過依據人的結構，下潛超過三十米就會因爲肺部凹陷而死掉，但現在選手要潛一百多米都不是新奇事。我們自由潛者還不是一次又一次令他們跌眼鏡嗎？

1 一當時返港的檢疫安排，「0+3」即毋須入住隔離酒店，只需在家中或自選住宿酒店進行三日醫學監察。

這是心靈的修煉，把肉體都駕馭了。」

「那麼，我好幾次訓練都卡了在十八米就不能再往下潛，就是我修煉不夠？」我問。

「自由潛是一項很特別的運動。不像潛水，拋下所有煩惱就往水裡鑽，自由潛，是當你的腦袋有多空，你就能夠潛多深，一場你可以玩到五、六十歲的心靈探險。你還有很多時間，急甚麼？」

「覺得自己離目標很遠啊，所以著急。」

「問題不是目標跟你的距離，而是因爲你看著目標這個行爲。」她糾正我。

「我不明白。」

「當你在深處往繩子的盡頭看望，仰頭時脖子的扭動會形成壓力，加上這份焦急會讓你的腦袋耗氧更多，也令你體內的二氧化碳產生更快，那麼這時你就會閉不住氣，要呼吸。」

「但不看著目標，我怎麼知道自己還有多久才到呢？」

「要到的時候，自然就會到。」她十分肯定地說。

「這代表我甚麼都不用做嗎？任由環境擺布嗎？」

「也不是，你要做的是專注此刻，例如手腳每個動作。」她用手模仿拉潛繩的動作。

「專注當下，你這番說法，很不香港人呢。我們基因裡總是要擔心這、後悔那，就我們剛才一邊講，我就想著要不要點一個甜品。」

「想吃就點啊，減肥是可以等的。」她笑了笑跟侍應打了個手勢。

下次回去跟Y再訓練的時候，我還是卡了在十八米，但我沒有以前那麼不開心。我知道卡在十八米這個事實，只是我潛到六十歲前的一小段過程，急甚麼呢？

SECTION IV

/

療癒在漫漫長路

20・一連串不能解釋的療癒過程

「你終於來到這裡，
再沒有任何事情再需要擔心，
過去的痛苦已經成為過去……」

人可以自由地遊牧於各國，意味著離開故鄉的人愈來愈多，同時like-minded的人則更容易聚在一起。在泰國、印尼、葡萄牙這些遊牧據點，遊牧者們組成了一個一個「理想國」。由於很多nomad都是專業的旅者，在自己故鄉以外的地方很可能已漂泊了二、三十年，他們看世界的方式，或許跟一個安居在自己國家的人很不一樣，而遊牧人之間則有很強烈的共通之處。

他們的觀點，我覺得跟八十年代的嬉皮士相似——普遍較注重身心靈健康，對物質追求較少（當然也有很fancy的IG網紅類遊牧人），十之八九都是瑜伽、靈修愛好者，一般都非常熱愛大自然，又有很多是素食或純素者，他們對前衛的身心療法保持開放的態度。

可想而知，如果你身處在這些「理想國」，街上見到的商舖、餐廳，都會循著這班遊牧者的生活模式建構出來。

❖ ❖ ❖

在帕岸島，不難感受到「養生」、「療癒」是這個地方的主題，一路上看見不少招牌，都是關於冥想、瑜伽、呼吸等等不能盡錄的另類療法。所以，在這裡遇到的另一批遊牧人，都擔任「較另類」的身分，例如身體療癒師（body healer / body worker）、譚崔（Tantra）[1]導師……

「我是一個煉金術士。」這個穿著樸素，年約四十多的俄羅斯人這樣告訴我。

「Oh…Okay。」我向他報以一個禮貌的微笑。

他看見我臉上的質疑，沒放棄繼續說：「你相信晶石的力量嗎？我告訴你，這個島藏有很多巨大的粉紅色晶石（pink quartz），無時無刻改變著人的能量。全世界大概有144個這樣的晶石點，而每個都散發著不同的磁場，改變著位處在那裡的人的頻率，而我們身處的帕岸島就是其中之一點。」

我從來不是一個迷信的人，是一個徹頭徹尾的無神論者。不過，沒想到這一個晶石論，

1 一這是印度教密宗門派的一種概念，透過修煉，心靈得以擴展，引領人們從束縛解脫自己。

開啟了我在帕岸島的療癒旅程。

來到島上的第二個星期。

一個黃昏，我從一個林間漫步到沙灘，那一條路很寂靜，幾乎沒有任何人。椰樹蓋頂，以極微細的幅度晃動著。就在一瞬間，我忽然感覺到一股暖流從我腳趾爬上我的胸口，再衝上頭頂，頭皮有點發麻，一些有如電流呈網狀在我頭頂開始伸延到臉。

那感覺十分奇妙，是一種我從未感受過的感動，彷彿頭上的天空和大樹快要從四方八面滲透進我的體內，稍微溫熱我的頭顱，然後隨我的眼淚流動出來。

第二天早上，我從沙灘澗水走進大海，事情再次發生。我看著海平面每個微小的波動，每一個波紋彷彿向著我而來，而我的身體也像是不由自主地融進了大海。

一瞬間我淚流滿面，心裡卻無比的寧靜，好像是宇宙在用最奇特而自然的方式跟我對話，給我內心撫慰：

「*It is ok,* 你終於來到這裡，再沒有任何事情需要擔心，過去的痛苦已經成為過去。」

那一刻，我內心的一切傷痛，像是頓時被這個宇宙理解、明白了，胸口一直存在那無形的鬱悶也消失得無影無蹤。以上這些信息，不是透過語言，而是一種奇異的頻率直達心臟。

過了好一陣子，我在熟食市場又再碰見那個煉金術士。

他說：「遇見你眞好！我的摩托車壞了，可以借你的載我回家嗎？」

「可以，不過有兩個條件。一，先等我把烤雞排吃完；二，回答我一些問題。」我說。

他點點頭表示同意：「好，我的專業意見是最好的租車費。」

我把我在樹下和海邊的事情告訴了他，他笑了，好像覺得我終於明白了甚麼似的。

「這是晶石的力量在洗滌你的心靈，所以你的靈魂在哭。」

「我不明白。我沒有經歷很大的傷痛。」

「有些創傷是從小積累的，可能是你從小被安排當一個你不喜歡的角色、被欺凌，又例如你小時候，想跑跑跳跳卻被長輩阻止，要求你乖乖安坐。又或者你這麼多年來，根本沒有活出過自己原本的面貌。你們城市人是規矩的一群人，特別是亞洲人吧，很習慣壓抑感受。你誠實告訴我，你身體有痛症嗎？」

「去年胃痛了一整年，肩頸長期痛得影響睡眠。」我恍然大悟。

想起去年跟胃竇炎和情緒問題搏鬥的日子，彷彿就是昨天的事。那時候每晚哭著睡，睡醒又哭，吃不到，睡不好。我看了好幾個專科醫生，跟我說的都是一式一樣——少喝點咖啡，別吃辣，然後一口氣開了五顏六色的止痛藥、胃藥就把我打發走。結果，過了幾個月，情況還是沒有改善。

「那些傷痛不會因爲時間而完全消失，你內心的痛，將會以痛症的方式呈現。所以，」他指一指腦袋，再在身體上比劃了一下，「這裡、跟這裡都要治療好。」然後給了我兩個名字。

❖❖❖

我循著第一個他給我的名字探聽了一下，這是一個日本人，果然，瑜伽朋友們對這個名字很有反應，說這個人是神醫甚麼的，不過他們千叮萬囑我，如果我有一點潔癖，就勸我不要找他了。

果然，我依著煉金術士給我的資訊，來到了這個「診所」——正確來說，是一間很簡樸的平房（bungalow），而不是任何診所之類。

我呼喚了那日本人的名字。出來應門的，是隻毛鬆鬆的黑貓。這頭貓的樣子不太整潔，好像被人很隨便養著的模樣，貓糧散落一地。一旁掛著一些清潔工具、瑜伽墊，還有廚具、椅子，完全看不出這間屋的主人有任何條理。

「Hey！」這時，一個很精瘦的日本人走出來，他雖然年紀有六十，挺瘦削的，但皮膚下的肌肉紋理清晰可見。

看起來，他可以說是一個 keep 得不錯的亞洲人，但從他鬆散的髮髻、破衣服、散發著油膩的體味，看來完全不像一個醫生！

他很熱情的招待我進屋裡。

屋裡的情況更糟，一陣淡淡廚餘的酸味從廚房飄出來，我看著廚房地上的污垢，床底結著的蜘蛛網，簡直想立即逃跑。

「你哪裡不舒服？」他攤開一張破舊的瑜伽墊，著我攤上去。

我指了指肩頸。

他用了像古裝劇的人點穴的手勢，迅速在我身上點了點，又迅速掃我的臉頰和頭顱。

「你怕針嗎？」他問。

「呃……我以前有試過針灸。」但對於在這個環境進行針灸，我心裡有十萬個不安。

「好，會有點痛啊，呵呵。」他笑了，拆開包裝拿出一根針。

我心想：「針的確是新的，但醫生你的手！沒！洗！而且剛才見你抓了腋窩，又摸了貓！天啊！」

就在我心裡糾結時，他已經迅速在我身上，用同一根針鑽進不同穴位，手法跟香港的中醫針灸很不一樣。起初，覺得痛還可以忍受的，過了一會，輪到背部受針的時候，簡直痛得不得了，每一針插進來的穴位，都驚動了另一束神經似的，是深入筋骨的痛，我在瑜伽墊上像一條被宰割中的魚，翻來翻去。

「不如算了吧，我不要再針了。」我眼淚都飆了出來。

這時，黑貓咪走過來我身邊，在我的針口附近掃來掃去，針灸附近的皮膚開始發癢，我的潔癖病要爆發，簡直要崩潰！

「忍耐一會，你的血停止了走動，卡在背裡。先把肌肉拉開再針一回。」他依然笑容滿面，用很破的英語解釋道，然後著我像一隻蝦子一樣把背部弓著，他再猛烈地施針，痛得我眼淚鼻涕直流。

又這樣過了十五分鐘，終於完成。

我慢慢站起來感到背部一陣痠麻，感覺身體被改造了一樣，而且體溫升高，非常口渴。身上的針口像被蚊叮那樣，起了一個又一個凸起的泡泡，那一刻我真的很後悔。我怎麼會相信一個自稱是煉金術士的人說的話，還要到一個陌生的日本大叔的家，做非常痛而且不衞生的針灸！

那晚我特別累，像是發燒一般，呼呼入睡。

隔天，我的生理期竟然比預期更早來到，而肩頸的疼痛竟不翼而飛了。

難道這無牌醫師眞的用了一根針，幫我通了我的脈搏，排出瘀血？還是只是一個巧合？

雖然如此，我再不敢回去那個「診所」，也沒有介紹過別人去。

❖ ❖ ❖

我在好奇心驅使下，循煉金術士給我的另一個名字，去療癒心靈。

這次有點不同，地點是一個瑜伽中心，上一個「呼吸課」（Breathwork），導師是一個療癒者（Healer）。照字面解讀，我想大概就是教人慢呼慢吸，平靜心靈的練習吧？

走進練習室，看似與一個普通的活動室無異，除了裡面微微有鼠尾草和香燭的味道，還有一個像祭壇的東西，放有幾塊水晶。我們一班八人，導師著我們拿瑜伽墊、枕頭、被子和眼罩，找一個喜歡的角落躺下來。她一再強調，待會「遇到甚麼狀況」，都要謹記放鬆，不要勉強。

等等，不就是呼吸嘛，可以遇到甚麼狀況呢？

班上幾乎只有我是頭一次參加的，其他人好像聽得懂，不斷點頭。

接著，我們緩緩躺在瑜伽墊上，蓋上被子、眼罩，Healer 開始播放音樂，帶我們進入狀態。她著我們開始用口快速呼吸，目的是要製造「過度換氣」(Hyperventilation) 的狀態，這是一般恐慌症病人病發的情況。

隨著我用力吸氣，冰冷的空氣高速衝入氣管，我再用全力把空氣呼出來，才一、兩分鐘，我開始覺得身體不對勁，感覺天旋地轉，嘴邊發麻，對身體四肢失去控制。Healer 著我們不要停下來，繼續猛烈呼吸，愈是放棄控制身體的欲望，這股力量就能直達心底，把靈魂的污垢掏出來。慢慢地，我覺得嘴邊的麻痹伸延到手心，彷彿覺得有人用腳踩著我的心臟，手掌心裡拿著非常重的兩顆石頭。未幾，我聽見從四方八面傳來的吼叫、失控的笑聲，還有哭聲，是其他人所發出的聲音，一種恐懼蔓延四周，我感到惶恐卻又動彈不得。

再過十分鐘，我心口的壓力如同洪水猛獸，有種莫名其妙的悲傷一直想突破我的胸膛衝出來。

這時我感到 Healer 走來我身邊，用手輕輕放在我的肚皮上，叫我放鬆一點。就在她撫著我的瞬間，我的淚腺立時爆發，我一邊抽搐，一邊哭泣，持續了很多分鐘，我開始進入了半夢半醒的狀態，時間很快地流動。

整個過程終於完結，打開眼罩，我眼見其他人的樣子都很疲乏，有些人哭得眼眶紅腫，有的樣子很滿足，說看見了幻象甚麼的，悟通了很多道理。

Healer說這個過程還要重複幾遍，才能完成「大掃除」，並提醒我們接下來一小時先不要開車，要記住比平日多喝點水。

❖ ❖ ❖

這次，是我最後一次見到這個煉金術士。

「你看起來好像健康了很多。」他看著我說。

我點點頭，在路邊攤請了他喝一個椰青，答謝他的好介紹。

這時我看見他手臂上多了四個像紋身的黑點，於是問：「我看到島上很多男人都有這個黑點紋身，是代表甚麼？」

他笑了：「不是紋身！這是青蛙毒。」

「甚麼，你中毒嗎？」我眼睛睜大，用手指尖碰了一下他手臂上那些小黑點，是平滑的，不像傷口。

「沒大礙，我是付錢去中毒的，哈哈。我參加了一個青蛙毒療的workshop，那個薩滿巫士Sharman從青蛙的皮膚抽取毒液，用香燭把毒液燒進我的皮膚，形成了這四點。我嘔吐了一整天，腦海裡出現了很多有趣的幻覺、幻聽，雖然過程很辛苦，但現在感覺很潔淨。」他話說得著，但看來有點虛弱。

「Oh…噢企。」我難以置信的看著他。

他接著說要上山去一所寺廟閉關十天，不說話，不與任何人類交流。

「我要把靈魂再清洗乾淨一點，待我下山再找你吃飯。」他準備離開時說，我們就這樣道別了。

後來，他並沒有找我吃飯。他究竟最後有沒有下山？我不知道。只見他原來很活躍的Instagram帳號，從那天起再沒有更新，徹底銷聲匿跡，他也就成爲了一個，於我的回憶裡很神秘的存在。

21·月亮週期

順應自然這大道理，
怎會沒道理？
但對於我們這些城市人來說，
卻實在奢侈得很。

帕岸島的另一個名字叫「滿月島」。這裡有一個名為「滿月派對」的狂歡節，每個滿月的晚上都會在長灘舉行。世界各地的年輕旅人當晚都會在這裡喝得很瘋，喝醉後又會做瘋狂的事。而不幸的是，幾乎每年都有人在派對中受重傷，或醉酒後淹水死去。

我去的第一個滿月派對，就看見兩部救護車一前一後，衝著離開派對現場，看見車上救護員在做心肺復甦，另一邊廂則是十八、九歲的歐美青年繼續載歌載舞，情況好不怪異。

這裡的「滿月」對一般旅客來說，只是一個在泰國旅遊狂歡的日子，而對常駐在帕岸的島民們，月亮的週期卻有著另一番意義。

如果一個島民說：「今天是新月，我們專注在自己的心靈需要上。」就是說，新月的時候人一般會比較懶惰，就讓自己慵懶幾天吧；或者他們會主張抽一張塔羅牌，釐清一下當下的「動機」(Intention)。

或者說：「接近滿月，我們將混亂的情緒整理一下。」就是說，在滿月時，一般人都比較急躁，要慢下來；或者趁著自己有動力時，把握時機爲自己訂下的「動機」作出行動。

這些說法，我理解爲跟中國人說的「順應自然」有點類似，大概主張人的活動應跟隨大自然的節奏，甚麼時令吃甚麼、做甚麼，千萬別逆天而行。試過有次，我的瑜伽老師缺課，代課的老師說，是因爲她「今天就是沒甚麼feel。(doesn't feel like it today.)」

順應自然這大道理，怎會沒道理？但對於我們這些城市人來說，卻實在奢侈得很。想像一下，如果我跟老闆說：「今晚沒有月亮所以我不能OT，要先照顧一下心靈。」他肯定會用另一個方式「照顧」我的精神健康——把我掃進精神病院。

話說回來，近年的確也有很多公司給員工提供「精神健康」福利。就像我以前在疫下上班的一家日本公司，設下了每兩個月一天的「精神健康假期」，讓員工可以提出休假，好好照顧自己的心靈。

這個「精神健康假期」的確很振奮人心，但實際上，敢跟上司開口要請這個假在家休息、看書、做瑜伽的人，寥寥可數。在香港的辦公室，要說出這句：「老闆，我今天想請個假照顧一下自己的靈魂，想在家附近溜溜狗、看看書……」光想一下，也打出幾個寒顫。

❖ ❖ ❖

就在月亮最暗的一個週期，我參加了當地一個大地祭典。

每年五月一日，島上的部落族民都會聚首一堂，用火堆、音樂，還有神聖的生可可飲料，慶祝生命的喜悅。踏入夏天，正是萬物生命最蓬勃之時。

生可可喝起來，味道跟我們平時喝那種烤過的可可飲料不同，這東西沒有烘培的香味，多了一分藥用的苦澀。部落族民大部分人都是蛋奶素主義者，他們不混鮮牛奶喝，而是混植物奶，如椰奶喝。

來到了慶典的場地，那是一個由高聳的大樹包圍的一個「聖壇」，地上鋪上了七彩顏色的地席，在正中心的聖壇，插有六、七瓶鮮花，有一顆像半個排球般大的粉紅晶石，和兩大瓶生可可飲料。

太陽開始下山之際，一班樂手們開始奏樂，從他們各人拿著的樂器來看，實在看不出演奏的屬性——一個德國男人彈奏古箏，另一個束小辮子的大叔吹竹製橫笛，還有一個dreadlock頭男生在玩手碟（即hang drum，在香港街頭也會見到人玩這個飛碟形的樂鼓），還有兩個女孩手持風鈴、刮瓜。

第一個人開始了一個穩定、重複的節奏，其他人隨即逐一 jam 進去，沒有曲譜，全用感覺演奏。

入夜，一個自稱「仙女」的主持人開始帶領大家「祈禱」，內容相對 generic，不能說有很重的宗教成分，就是帶領族群（我們這群人）感謝天地、感謝東南西北四個座向，再給我們每一個人倒上一小杯生可可，著我們將對生命的祈願默念到可可裡去，然後慢慢喝下。

接著來到最神聖的「Fire Jump」。我們全都走到南邊，逐個人走到火堆前，目的是要跳到火堆的北邊。

我們這班人面面相覷，特別是女生們。因爲火堆確實挺大的，有一米闊，火舌一長一短的伸延著，照亮了每張既恐懼又興奮的表情。

我戰戰兢兢來到火堆前，「仙女」拿著一個大圓皮鼓，從我頭頂開始擊鼓，一直敲到我的心臟，再敲到腳趾，每一下擊鼓，我的靈魂彷彿都在猛烈顫動，精神隨之進入了另一個狀態——亢奮、激動，我感到與這個樹林融爲一體！

她一邊擊鼓，口裡念念有詞，一旁的群衆跟著部落音樂拍手，熱切的看著我。

我感到熱流從我心臟轟上頭頂，我深呼吸一下，跳過這個有一米直徑的大火堆。到達北端的一刻，我心頭的能量好像完全釋放了，部落的人們過來擁著我，慶祝我爲生命展開了一個新的章節。

男男女女逐一跳過火堆，有人輕鬆跨過，也有人跌倒在地上。

一個澳洲女生助跑了好幾次，還是停在火堆前。全個部落族民都替她緊張，全神貫注在她與火堆之間，彷彿我們的心跳都在那一刻同步了。

她終於跳過火堆的一刻，我們全都禁不住上前擁著她。

後來她說她曾經有個有關跳遠的創傷，讓她好多年一直不敢再跳，這一跳對她來說，是一種克服。

這一晚沒有月亮，我們對著火堆高聲唱歌。

歌聲、樂器聲跟蟬聲融爲一首全新的曲目，我們身體不由自主地跟著旋律擺動，輕輕閉上雙眼，盤膝而坐，跟所有生命一起，走進一個全新的階段。

22・神奇蘑菇

我們的痛苦不是源自外在環境所帶來的不幸，
而是來自個人對這些刺激作出掙扎，
如果平靜看待身邊所有事物，
就能避免感受痛苦。

曾在峇里島艾湄灣認識一個畫家朋友「怪鳥」，她的老家在重慶。怪鳥是一個旅行畫家，在拉薩流浪了好長一段時間，幫《孤獨星球》(*Lonely Planet*) 雜誌寫故事。現在居於峇里島畫畫，不過更多是上山下海。她說過：「人生本來很無聊，沒有甚麼需要認眞。」

她偶然把自己畫成了一隻很怪的鳥臉，自此我看她的時候，就想起那隻眼神很迷糊的鳥。

一大早，怪鳥帶著我在田野閒逛著，準備「偸」東西回家做飯——那裡有很多果樹、蔬菜都不屬於任何人，是大地給人的「免費午餐」。

峇里島沒有四季，長年處於和暖的氣候，這片珍貴的土地被優厚的天然條件潤澤著，隱藏著不少寶物。路邊會見到很多奇珍異果，其中可以吃的很多，如小辣椒、豆角。十一月是芒果收成的季節，翠綠色圓滾滾的大芒果一顆顆掛在樹上，讓人很想立即摘下來咬上一大口。

我們好像漫無目的地在田野間遊走，一邊在找些甚麼的。

「長在陽光下的，是滋養人的脾胃；長在陰暗角落的，是滋養人的腦袋。」她帶點神秘地說，眼睛一直盯在草地上找尋著。

我們來到牛棚附近，堆肥混著牛糞的氣味很濃烈。

「哇～超臭的，我們打掉頭？」我捏著鼻子說。

「我們就是要來這裡！寶物長在牛糞附近。」怪鳥在一片雜草叢中拔起一條小小的東西，「咦？找到了！」

「這朵蘑菇夠小的，夠誰吃？」我嘲笑她。

「七、八朵就夠了。」她對我眨了眼。

我跟著她，也找到了好幾朵這樣灰中帶藍的小蘑菇，個子超小的，菇莖幼得像翡翠苗那樣，頂著軟巴巴的小帽子。

「可以了，我們回去吃早餐！」她手上拿著一把蘑菇，顯得非常滿意。

回家後，我們把蘑菇洗了一下。她拿了顆蛋，用部分蘑菇做了個蘑菇炒蛋，又把剩下的蘑菇跟新鮮果汁混在一起，「早餐」就做好了。

「準備好嘍？」

我們一個勁兒把「早餐」吃掉。

不消半小時，我開始覺得有點不對勁。先是我的視線移動的速度變慢了，看一棵植物可以看很久，彷彿覺得它很可愛，在跟我揮手。世界突然變得很慢、很美好，我抬頭看上去，雲的層次變得更分明，陽光燦爛但一點也不刺眼。好像有股拉力，把我拉到屋外，要我去感受這個世界。

我拉著怪鳥一起，在正午時分走在路上。

涼鞋踏在碎石路上的聲音異常好聽，我感到眼前的每一個景物，都像一幅很好看的畫，鄰居的家跟樹上的花是一幅畫，遠處山巒和雲朵是一幅畫。

我是一個很怕熱的人，但此刻炙熱的陽光曬在我的皮膚上，內心卻很恬靜、很涼快，彷彿皮膚感受的是一回事，身體內在並沒有對這個溫度作出反抗，反而是接納了這種微微刺痛的溫熱，然後待感覺過去。

這讓我想起了一個很佛家的說法——我們的痛苦不是源自外在環境所帶來的不幸，而是來自個人對這些刺激作出掙扎，如果平靜看待身邊所有事物，就能避免感受痛苦。

原來，就是這樣啊！

接著我們又回到了樹林裡「淘寶」。感覺和頭一趟摘果實有點不一樣，瓜果的形狀雖然沒變，但好像比平日所見的更有趣、更可愛了。我們摘了很多小辣椒回家做飯，摘了兩朵小野花回家種，又吃了幾個很像百香果的野果，好像是把大地的一小塊、一小塊的美好收歸己有。

走著走著來到海邊，我把雙腳插在沙子裡，感覺前所未有的滿足。粗糙的顆粒與皮膚接觸的瞬間，每一個觸感都好細膩。

「你在幹嘛？」怪鳥看到我不停把手插進沙子裡，又拔出來。

「我在用手的皮膚『吃炸雞』。」這是我當下想到最好的形容，那種把手搓進粗沙子裡的感覺，感覺像平日咬炸雞的滿足感。怪鳥毫不猶豫加入我，我們邊搓著沙，邊感嘆著——好滿足啊。

一旁釣魚的印尼人們看著這兩個搓沙子的瘋女人，側目了好一會兒。

「不如我們吃眞的炸雞！」我提議。

於是我們到附近的 BFC 買了炸雞。

JFC 是印尼版的 KFC，而 BFC 是 JFC 的翻版。我們外買了很多件「翻翻版」炸雞腿，坐在沙灘淺水處，大口大口吃上來。外層酥脆的炸皮帶有鹹蛋黃香味，舌頭上黏滿了鹹香的蛋黃脆皮，咬下去雞腿汁在口裡四溢。

「啊，明明是翻版的翻版，怎麼這麼好吃呢！」怪鳥驚嘆。

我半身泡在水中，感受小卵石在我的屁股下，頭髮濕漉漉，吹著海風，看著浪花，一邊吃著炸雞腿，就連手指頭的油花都很潤滑，每一個感受都很細膩。

吃完炸雞我們毫不顧忌地往海裡走。

我們沒帶泳裝，就只穿著單薄的沙灘裙。

「把這戴上，我們下水去！」怪鳥給我一副潛水鏡。

我們下去和暖的海水中，裙子跟著水流揚起來，我們像水中的兩隻不同顏色、花紋的水母，在湛藍的海洋中漂蕩。

潛到水裡去，我像回到家一樣自在，想像當母胎的感覺，被海洋環抱著。我在水裡肆意伸展雙手雙腳，有點懷疑海洋是不是就是人類原本的家？

我看著魚在珊瑚花裡面游來游去，一瞬間甚至忘了原來自己是要呼吸的人類，因爲那一刻，屏息並沒有爲我帶來任何痛苦，我就一直在水中浮游著，沒有想下一步要怎麼辦，沒有想起我是從屋子裡走出來的，沒有想我是跟誰來的，腦子每一個細胞都在感受當下的環境。

沒有過去、沒有未來、沒有牽繫，就於大自然融爲一體，這個感覺十分神奇！

從水中抬頭一看，水面和天邊的顏色有點不一樣。天際的邊緣開始有點霓虹，雲朵化成了粉紅色的棉花糖，原來寶藍色的海水變成耀眼的靛青色，好像魔幻小說裡面的場景。

「這是一場美麗的失控啊。」剛上岸，我不禁感嘆著。

「嘗試控制當下，控制未來，甚至改變過去的欲望，就是痛苦的來源。要全然感受世界的美好，首先要放棄控制的欲望。」怪鳥點點頭。

回家的路上，我驚嘆著：「這些小蘑菇眞的很神奇！讓我忽然發現了世界的美好。」

「你要感激那些牛，是牠們拉出來的營養供養了蘑菇。」她說。

「還有感謝餵牛的青草、野花，爲花草播種的昆蟲。」我接著說。

「還有餵飼昆蟲的任何微生物、土地上的雜物、腐爛的動物屍體。」

「眞的沒完沒了呢……」

我們在夕陽的天空下開著摩托車，感受身邊每個生命在風裡跟我們擦肩而過。

黃昏的金光灑在水稻田上，種水稻的小方格短暫地盛滿了天空。

彷彿天與地，在此刻，和我們的命運彼此相連。

23 • 到光裡去

「怎樣才算過得好？」
「怎樣才算人生？」
一直是我腦子裡很重要的課題……

第一次遇到馬札的時候，她已經有四天沒吃沒喝。

「就連一滴水都沒喝嗎？」我們這幫凡人一起睜大眼睛聽故事，一邊在戶外準備著大魚大肉的麻辣鍋，香氣飄滿整個花園。

她點點頭說：「是的。」

馬札是一個回族人，暫時寄住在我們朋友的家，她本來住在峇里島的另一頭——烏布（Ubud），而這一行，她說是因爲艾湄灣空氣特別好，想來這裡修煉一下，用身體實驗「吃光」維持生命的可能性。

我們裝著很認眞在聽，卻沒有把她的事情放到心上，大致上都覺得她在吹噓。

我在網上簡單搜了一下，一個普通人三、四天不喝水已經會器官衰歇死掉，這個吃光的人正踏入第五天的無水修行，眞的太扯了吧！

「你可以用一句說話，告訴我你的工作是甚麼嗎？」我問她。

「我把靈魂引導到光裡去。」她說。

「所以你是有神力嘍？」

「我只是一個 Wi-Fi，沒有確實的能力，例如你們口中那些神力、魔法。我的任務只是把靈魂引到光裡去，正式完成他們的生命週期，期間他們給了我一些治療的能力。」

「那你的個案通常是怎樣的？」

「最普遍，是一個人有無緣無故的痛症。那是因爲有些上一代、上幾代留下來的心結，如果未和解，便會以痛症的方式在這人身上呈現出來。」

「咦，正好，我這裡痛了很多年，沒有好。」我沿著左肩指上脖子。

「你把左手給我。」馬札向我伸出了右手，我把左手掌心放到她的右手上。

我有點詫異，她的手特別溫熱，完全不像一個五天沒吃喝的人。

我開始感到有點血液開始從左臂流動，然後全身都好像有東西流動，是因爲麻辣鍋嗎？我閉上雙眼感受著。

馬札開始抽泣起來，我也莫名其妙地感到眼眶一熱，有點傷感。

「是你奶奶（即是外婆，媽媽的媽媽），她的情緒體一直都在你身上。」

「是嗎？我外婆走了很久，我十歲時候就離開了，我也不怎麼認識她。」我說。

馬札弓著身子，我幾乎看不到她的臉，她接二連三發出奇怪的聲音，手掌怪異地拍打檯面。

我有理由相信她跟我外婆接通了！

她向「奶奶」問了幾個問題，搖了好幾次頭。

「她是剛死的時候就進入了你的身體。她覺得不值——覺得她那時候的人生很不值。一生在服侍家裡的男人，沒活好自己的人生。」她說。

我依稀記得外婆是一個很喜歡出門的人，在街上走來走去也不累那一種老人家，喜歡看賽馬，而且直覺很準。她特別不喜歡廚房，不是一般的家庭主婦，喜歡主外。

「家裡的男人……是我爺爺嗎？」我問。

「好像……不是。你爺爺對她不是不好，也不是特別的好。」她的回答有點含糊。

（這個事情離我太遠，後來我特地打電話問我媽，我才知道，這個「家裡的男人」另有其人。）

「她覺得不值，她覺得她沒怎麼享受過。於是她跑到你的身體裡，想繼續完成人生。」馬札再重複。

外婆是吃晚飯的時候中風過世的，由好端端到閉上眼，就只三天，非常倉卒。

「難怪『怎樣才算過得好？』、『怎樣才算人生？』一直是我腦子裡很重要的課題。」我恍然大悟。

「對。很多未和解的事情，都會從你的血緣留下來，上一代沒有和解，等待這血脈鏈的後代去解決，而她選中了你。」

「就是外婆未和解的問題，會留給我媽媽，然後我媽媽又傳給我的意思？」我想起媽媽在我很小的時候會跟我讀三毛，她也是一個肉身雖然在家裡、辦公室裡工作，心裡卻一直想往天空裡走的人。

「沒錯，只是她跳步走進你身體裡，因爲你將會是和解這個心結的那個後代。」馬札說。

「我記得我很小的時候已經立志要出外走走。之所以來到這裡，開始旅居，也是因爲覺得留在原本的生活裡，日日朝九晚五，太浪費人生了。」我慨嘆。

「所以，你奶奶沒選錯人。」她笑道。

「那……她現在還氣她的人生不值嗎？」我問。

「沒有了。她已經在這段日子，借助你的身體感受了很多世界的美好，去玩好玩的、吃好吃的，她覺得很心滿意足。」

她模仿著我外婆吃東西的模樣，也眞的有幾分神似。

外婆以前會吃那些醃製的冬薑，而因爲假牙不好發力，所以嘴巴的動作特別大，小時候我看著她嘴巴一動一動覺得很逗，會央求她削一小片給我吃，她總說對小朋友來說太辣，但又一邊削一小塊給我。

馬札繼續說：「她心願完成，想走了。是因爲這樣，你今天才會遇到我。」

「噢……這樣嘛。」

不知道爲甚麼，明明理論上外婆離開了我，那麼我的脖子就不會痛了，但這一刻，我卻有點不捨得。

馬札又低頭，輕輕用手拍打自己身體各個部分，並做了些不同節奏的呼吸。

「她很逗，人很好，還給我的肚子暖了一下。」馬札閉眼說，一邊微笑著。

接著說：「我要送你奶奶到光裡去嘍。」

突然，她頓了一下，「慢著，她說她有禮物給你。」馬札停下來跟我說。

「是甚麼？」

「是愛，你攤開手接收吧。」她著我。

我不小心笑了場。愛嗎？很籠統耶。

「你可以問奶奶這是代表甚麼。」馬札見我不明白。

「是……父母對我的愛嗎？」我問。

「不是。」

「我跟我伴侶的愛？」我問。

「不是。」

「我對別人的愛？」我問。

馬札點點頭：「對，她給你這個能力。」

一下子，很多情緒湧上我心頭，哭得厲害。這一話彷彿解開了這些年來我心裡的一個糾結。

很多時候面對我愛的人，我習慣了用自己覺得「好」的方式對待他們，認定這就是愛。而結果是，往往這跟對方接收愛的語言並不相通，他們接收不到這份心意，種種拒絕、誤解，也讓我覺得受傷。有時我會選擇放棄溝通，彷彿已認定自己是一個自私的人。

「你不是不愛，是你以前不懂愛。」她說。

「有時跟我的父母搞砸了，有時又跟伴侶搞砸了，但我也不想的。好像我愈是拚命的捉緊，方法愈是不對。我花了很長時間重複這個問題，就是搞不懂。」我邊哭邊說。

「嗯，現在你懂了。」她輕聲說。

接著她好像掛了機般，低頭閉眼好久。我在她對面嘗試擦乾眼淚，想著外婆，久久不能停止哭泣。

❖ ❖ ❖

深夜。

我們坐在泳池邊，看著峇里島上空的滿天星星。

「嘿，謝謝你。」

「哈哈，不用，只有你覺得我不是瘋子。」

「我覺得瘋狂跟正常本來就是相對的，沒有絕對。很可能是世界瘋掉了，也可能是你，或者是我。」

然後她向我解釋了斷食斷水的原因，原來是爲了讓心智更澄明，才能清楚接收世界給她的訊息。修行足夠了，就可以聽到花鳥魚蟲跟她說的話。

她指著遠處的田野：「今天回家的路上，我看見了兩株一起長著的狗尾草，一棵筆直的成長，一棵垂下來，頭都快要碰到土地了。我問筆直那棵：『你要碰天空嗎？』它說：『是的。』我問垂下來的那棵：『那麼你是要回到大地嗎？』它說：『是的。』」

「那你覺得它們眞正在跟你說甚麼？」我問。

「年輕的時候要往天去，追求靈性；老了，就要做著地的事情，回饋人們。」馬札說。

我想起外婆，想起所有勞碌一生爲旁人負責的人們，如何忘了實現自己的人生。

不管我們在地上哪個角落起步，都要拚命往天空生長，才可發揮好一株草的價値，有天得到睿智再回饋大地，滋長其他靈魂。

好好活著，原來就是實現生命的最好方式。

TO BE CONTINUED

/ 生活中的輕與重

A New Chapter Begins ◆ 人生有限公司

有人跟我說了一句話：
「人生不是以年歲來量度，
而是以你活過幾多種生命來結算。」
我才驚覺那時害怕自己老去的想法實在幼稚。

徹徹底底當一個遊牧人，講求持續性。總不能一季勒緊肚皮，一季大吃大喝。所以，對我們來說，「遊牧 101」就是要好好打穩收入基礎。拓展更多元化的收入來源，可讓這種生活方式更有持續性。

而我在起行不久，除了接 job 做自由工作者，另一邊廂，亦開始研習創業這課題。

以前在 office 打工，專心做好自己本分就夠了。現在從辦公室把自己拋到外頭，沒有上司、同事、公司架構的庇蔭，也沒有一條清晰明確的晉升階梯，我開始得把自己的新、舊技能統統翻出來，諸如拍攝、寫作、設計、寫網頁、設定 SEO 等，懂的就拿出來用，能學的就主動去學，不懂又學不來的，就得在世界各地找外援，有點像野外求生。

執筆寫這篇文稿的這陣子正靠近聖誕節，加上香港旅遊開始恢復，本來手頭上的廣告撰稿工作已特別繁忙，一坐在電腦面前就是幾個小時，電話會議一個接一個，而一有空閒我又去找題材，拍點東西、寫些稿子，把時間投資在新的機遇上，讓這種工作自主的生活方式持續下去。

每一、兩個月，我會結算一下旅居的支出跟收入，體會公司「埋數」的緊張情緒。有些頻繁去小旅行的日子，開銷完全超出預算，就惟有勒令自己下個月得要節儉一點省回旅費。

原來當人生的老闆，眞的很累啊。

⁂

當遊牧人偶爾都會有倦怠期。例如當工作編排得太密密麻麻，又或者突然有很多需要外出的行程，上山下海又好幾天，回到工作桌前也得要好半日才進入狀態。想做的事情太多，但手腳只有一對，腦袋可以容納的新資訊亦很有限度。

來到清邁的這陣子，我每天早上天未亮六點便起來，做過簡單的運動，喝杯熱茶，就開始找家咖啡店坐下來拚搏直到天黑，吃過晚飯，去一趟 SPA 鬆一鬆，又徐徐睡去。因爲清邁的軟硬件配套都很足夠，網速給力，環境宜人，助我每天的生產力達到高峰。

我想起一句網絡金句：「你必須很努力，才顯得毫不費力。」

當別人看到我在ＩＧ上載一張在清邁遊山玩水的美照，其實那只是遊牧生活的冰山一角。實際上，我也在肩負著一家公司的責任——「人生有限公司」。

數碼遊牧人既是自由業者，也是創業者，需要打點自己生活的所有，包括收入與支出、未來發展方向、如何應付市場寒冬，還有市場營銷等等。

這家「人生有限公司」的老闆跟僱員，都只有我自己一人，搞不好要自己一力承擔，但當然，只要經營有道，自己就是大贏家。

擁有這份人生的ownership，但同時有令人不安的時候。

離開安穩的生活快要一年，我問自己：「一切眞的值得嗎？」

❖ ❖ ❖

生命是由很多個偶然組成，例如我偶然想出外散步，但因爲突然下起雨，偶然走進了一家咖啡店，又偶然碰上一個人，偶然在對話中，從思想碰撞中，發現一個新點子。

這就是米蘭昆德拉在《生命中不能承受之輕》所引用尼采「永劫輪迴」(eternal return）所說的生命裡的「輕」——人生的故事，是由一系列「偶然」組成，你永遠無法知道，如果你的其中一個選擇改變了，命運最後會是怎樣。

所以，人生只是一個偶然搭一個偶然，我們活在無意義的隨機性裡，輕飄飄的。

然而，即便承認了這個「輕」的存在，作爲人仍然是不甘心。

我們追求一種生命裡的「沉重」，去努力尋找「重要」的東西，把我們懸浮半空的靈魂拉到地面，例如我們要尋找確切的價值，才能感到生命是充實的，用來抵抗「不能承受之輕」。

回想當初，想扛起「人生有限公司」的責任，只因爲在懸浮半空的日子裡，我無法得到滿足。那種虛浮的光陰甚至令我抓狂，我想爲生命加上重量，所以選擇了離開安穩。

我們可以順應環境而改變自己，一切來得更少阻滯，每天如常——麻木、無感，像是把腳尖輕輕踮在水裡，不冷也不燙，輕輕淺淺的度過餘生。

相反，選擇過有層次的生命，我們會豎起稜角，也因爲這樣途中會遇到很多波瀾，生活中充滿痛苦、憤怒、狂喜等激烈的情緒。無論是幸福與不幸，這種生活方式享受的是生命的深度，透過沉浸於濃烈的情緒中，掙扎求存，最後得到的那份疼痛、感動，就是一個人確切存在的證據。

那一晚是在東南亞之旅的最後幾天，我與他在清邁寧曼區（Nimman）的街口轉角吃日式火鍋。

開始遊牧之旅後，我很少喝酒，省錢又健康。可這個晚上，我們特別有興致，我點了一瓶大啤酒，他點了有氣梅子酒。

我向他乾杯，慶祝他的創業企劃邁進了一個新階段。

「二十七歲這年很不一樣呢。」我跟他說。

「例如呢？」他問。

「如果我要爲自己寫故事，單是這一年的字數，已經有以往二十多年的總和量。」

「哈哈，你還小呢，說到自己七老八十一樣。」他笑著說，蒸氣在他臉上晃過，他說得像是自己曾經走過我這些路那樣。

好一段時間，我曾經因爲覺得自己步步逼近三十，而感到不安焦慮。後來有人跟我說了一句話：「人生不是以年歲來量度，而是以你活過幾多種生命來結算。」我才驚覺那時害怕自己老去的想法實在幼稚。

而此刻，我對未來的路樂觀得多。

我曾經是一個學生，現在是一個廣告文案寫作人，這年成了遊牧者，正在努力成爲一個懂得去愛人的人。

而後來的我，應該可以擁有更多不同顏色的章節。

所以眞正可怕的不是會變老的軀體，而是「只活過一種生命的人生」。

「能夠和你一起經歷這一切，我覺得很特別。」我忽然認眞對他說。

「就只有特別？」他皺眉。

「是世界上任何人，都無法複製的一種美好。」我給了他一塊和牛片作獎勵。

這一年對我們兩人來說轉變都是很大的，一路走來，一切都很難得。

一年多前還在香港拚搏的我們，一定無法想像現在兩個人一起創業、一起掌管自己的人生，努力一整天過後，在清邁的火鍋店吃和牛的這份滿足。

我們笑著吃完一碟又一碟，靜靜地吃了很久，火鍋店都快要打烊了。

「我們下一站去歐洲好嗎？」他忽然問。

「去這麼遠幹嘛？」

「來一場冒險啊。」他答得理所當然。

「現在很飽，腦子動不了，回家再想想。」我說。

不知不覺，我們會稱「旅店」、「homestay」做「家」，起初覺得很奇怪，但慢慢在路上就習慣了。

我們這年來，把出走變成回去，又把很多景點變成日常，將陌生人變成好朋友……太多變數，讓我們更加珍惜當中唯一的確定性，那就是在身邊的彼此。

他牽起我的手，我們在清靜的街道上，一起慢慢「回家去」。

我這才發現，我一直在找的答案就在這裡——

在一起，在哪裡落腳，那裡就是家。

在 cafe 工作 4.1

帕岸島海邊小屋 4.2

5.1 ｜ 5.2 帕岸島環境

清邁特色建築與裝飾 6.1 | 6.2

曼谷大皇宮壁畫 7.1

10.1 | 10.2 被山林環抱的天然泳池

同行朋友正在奮力救車 11.1

處於正午高溫下四處無人而越野車深陷泥坑的困境 11.2

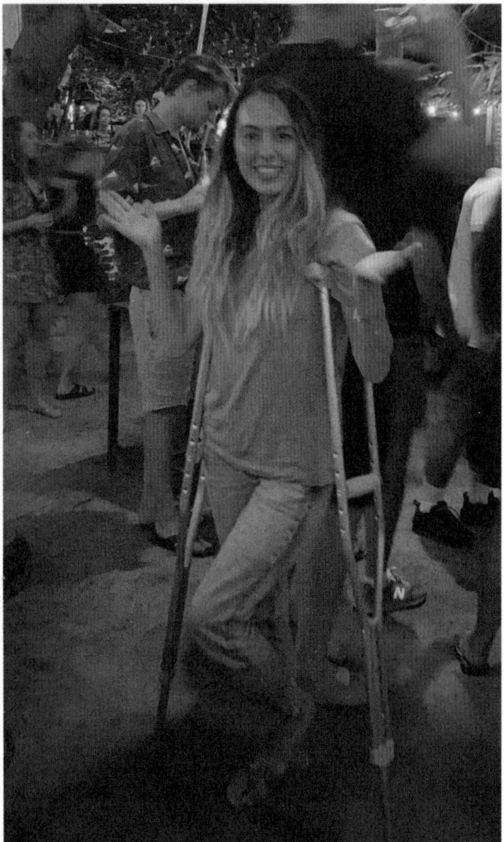

12.1 內褲燈罩 ｜ 12.2 在派對裡撐拐杖跳舞的意大利女孩雷鬼

峇里島路邊攤　14.1

在帕岸島過泰國潑水節　14.2

夜半在泰國小島修車店　14.3

15.1 艾湄灣阿貢活火山（Mount Agung）

艾湄灣漁民在採鹽 15.2

火山岩風化成的沙灘有獨特色彩 15.3

17.1 峇里島田野風景

17.2 遊牧者的鄉郊生活

前往伊真火山口 18.1

有不少正在採集「魔鬼黃金」的工人 18.2

自由潛毋需使用任何呼吸工具，初學者也可一口氣潛往十多米深。

19.1

19.2

19.3

19.4

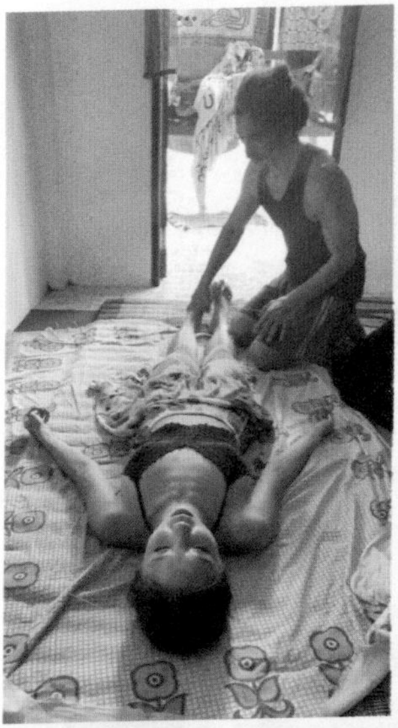

日本神醫在簡陋的房子施針 20.1

在森林中進行大地祭典 21.1

與部落民一同圍著火堆唱歌 21.2

22.1 新鮮採摘的神奇蘑菇

22.2 在艾湄灣潛水後吃炸雞

從遊牧，去找心中的那一片海

LIVING AS A NOMAD

作者——Kristie Ma
照片提供——Kristie Ma
繪圖——Jeff Ko｜@untitled_proj.jpg
編輯——阿丁 Ding
排版設計——阿丁 Ding
設計協力——Mari Chiu
出版——格子盒作室 gezi workstation
郵寄地址：香港中環皇后大道 70 號卡佛大廈 1104 室
網上書店：gezistore.ecwid.com
臉書：www.facebook.com/gezibooks
IG：www.instagram.com/gezi_workstation
電郵：gezi.workstation@gmail.com
發行——一代匯集
聯絡地址：九龍旺角塘尾道 64 號龍駒企業大廈 10B&D 室
電話：2783-8102
傳真：2396-0050
承印——美雅印刷製本有限公司
出版日期——二〇二三年七月（初版）
國際書號——ISBN 978-988-75725-6-5